中公文庫

大　貧　帳

内田百閒

JN149347

中央公論新社

目次

大貧帳

夏の鼻風邪

町会から慰問袋の割り当てが来たが、お宅は一箇半だと云うので、半袋を差し出すわけにも行かないから、二箇分取り扱って貰う事にした。

それは予告であって、本当に集めに来るのは五六日後である。珍らしい事でもないが、その時分は家にお金気がなかったので心配したけれど、その内には何とかなるであろうと思った。

無心者や押売りが悪態をついて、これだけの構えに二円や三円の金がないと云う筈はないなどと云い出すと、蔭で聞いていても可笑《おか》しくなる。そう云う俗物にはそんな気がするかも知れないが、無いとなったら洗った様になくなるのであって、煙草代に窮する事も珍らしくない。いつもお金を絶やさない様に持っているのは、私などよりもう一段下の貧乏人である。そう云う人達は貧乏人根性が沁みついていて、お金を持たなければ心細くていられないのであろうと思われるが、私などはお金はなくても腹の底はいつも福福である。

しかし慰問袋の期日が段段迫って、早く色色の物を調えておきたいと思っても、お金が出来ないので弱った。甚だ行き届かない事で心苦しいけれど、こうなっては家で心尽しの品品をそろえると云う事は出来ないから、今回は百貨店の慰問袋を買って来てすませようと考えた。そう云う事にきめれば前の日に買いに行っても間に合うと思ったので一先《ひとま》ず安心したが、どう云うものかその時は金運がなくて到頭前日まで押し詰まってしまった。気が気でないので起《た》ったり坐ったりしていると、玄関に人が来た様である。耳を立てて、家の者と話しているのを聞くと、又町会であって、いよいよ明朝九時頃に頂戴に上がるが御用意はいいかと念を押している。

その後で評議の結果、すぐに質を入れて、その金で帰りに百貨店の慰問袋を買って来させる事にした。機嫌のいい感激家が聞いたら、質を入れて慰問袋を買ったと云うのは軍国美談だと思うかも知れないし、又気むずかし屋は、ただそれ丈の銃後の勤めにも事を欠くのは平素の心掛《け》けが怪しからんからだと云うかも知れないが、私に取っては何でもない事であって質を入れる事が出来るのはそれだけ暮らしがらくになったからであると考えている。迂闊《うかつ》な人が多いので、そう云っただけでは解らないかも知れないから蛇足を加えるが、質屋で金を借りるには質草が必要である。身のまわりに質屋へ持って行く様な品物があると云う事は暮らしに余裕がある証拠であるから、そう云う余裕を持ち出して戦地に慰問品を送るなどは当然な事であって、面白くも可笑しくもない。去年の春のお彼岸には、夭折した息子の供養の為にお寺へお経料を納めたいと思ったが、矢張り今度と同じ様に彼岸七日の間じゅう家に金がなかったので、質を入れてその帰りにお寺へその金を納めさした。坊さんは御存知ないかも知れないけれど、仏の方では、ははあ成る程と思ったに違いない。

家の者が包みを抱えて出かけて行ったので、安心したが、随分ひまが掛かると思ったら、帰って来てから、慰問袋はやっと調えて来たが、今日は質屋の公休日である事を忘れていたのでどうしようかと思ったけれど、外の事と違うから、よそでお金を借りて買って来たと云った。そう云えば二十日であったので、私もうっかりしていたのだが、しかし慰問袋が買えて先ずよかったと思った。袋の中の物を引っ張り出して眺めたりしている内に夕方になった。

夏でも私は鼻風邪を引く事がよくあって、その日も朝からくんくん云っていたが、夕方になってもなおらない。片手で団扇《うちわ》を使いながら、頻《しき》りに嚔《くしゃみ》をして鼻をかんでいたら、鼻紙がなくなったから、鼻紙を持って来いと云うと、あっそうだもう鼻紙はなかったと云う騒ぎになって、それでは半紙でも障子紙でもいいと云うと、そう云う物はこの前のお金の切れ目にみんな使ってしまったから、なんにもないと云った。困ってしまってその内に鼻水は垂れそうになるし、一体借りたお金の残りはないのかと聞くと、それは慰問袋を買ってしまい、又こないだ屑屋に古新聞を売ったお金の残りが少しあったので行き帰りの電車や乗合自動車に乗ったから、家にお金はなんにもないと云った。

暫らく洟をすすりながら考えていたが、万止むを得ないと思ったので、慰問袋の中のちり紙を出して来いと云ったら、家の者が顔を見た。それは私にもよく解っているけれど、ちり紙の代りに何か一品か二品なら家の有り合せで入れる物があるだろう。兎《と》に角《かく》早く持って来てくれなければ垂れてしまうと私が云った。

そのちり紙を鼻に当てて、くんくん云っている内に、鼻の穴の奥から何だか不思議な気持がして来る様であった。

俸給

大学を出てから一年余りして、陸軍士官学校の教官になった時の、初めは嘱託で、月手当金四十円、それから間もなく本官になって、しかし俸給は等級外の年俸五百円だから、月給にすると、一円六十六銭昇給した。それから直《じ》きに、矢張り等級外の六百円になり、次に忽《たちま》ちにして高等官の最下級俸を支給せられた。当時は七百五十円だった様に思う。その出世の早き事、豊太閤の出端も之に及ぶまいと考えた。

月手当四十円の時、運悪く西班牙《スペイン》風《かぜ》がはやって、私の家でも、祖母、母、細君、子供、私みんな肺炎のようになって、寝てしまったから、止むなく看護婦を雇ったところが、その日当が一円五十銭で、一月近くいた為に、私の月給をみんな持って行っても、まだ足りなかった。

お金を借りに行ったところが、こう云うお小言を食った。身分不相応と云う事は、贅沢の方面ばかりではない。看護婦を雇う力のない者が無理をして、後で借金するのは怪《け》しからぬ。だれかが熱のあるのを我慢して起きればいい。みんなの世話をして、その為に死ぬとか、或《あるい》は行き届かなかった為に子供が死んでも、それは貧乏の為だから止むを得ないのである。

その時は、私はこの説に服しなかった。しかし後になって、成る程と思い当たり、全くそうより外に仕方のないものだと云う事が解って来た。尤《もっと》も小言を云ってくれた人の方は、後になって私のよりも小さい子供が出来たために、又その間に不幸があったりして、却《かえっ》て私に云って聞かせた小言のような気持ではなくなっているらしくもある。

月手当四十円で、大勢の家族だから、病気をしない時でも、お金は足りなかった。小遣いもなく、電車賃もないけれど、歩いて出勤すると、時間の八釜しい陸軍の学校に、教官たるものが遅刻するので、近所の宿俥《やどぐるま》に乗って出かける。俥屋は月払いですむからである。大変贅沢に思われて、田舎から持って来た財産がある癖に、高等官になりたくて、陸軍教授を拝命したと同僚から思われ、友人達も邪推した。

朝の時間に、ぎりぎりに間に合う様に俥で馳けつけると、校門に近いところを、私共の科の主任が、脊の低い小さな身体を躍らせながら、あわてて急いでいる。俥で追い越すのも工合がわるく、第一、主任がまだそこを歩いているのに、何も私があわてて、馳け込むにも当たらないから、それで主任の後姿の数歩手前で下車し、歩いて追いついた様な顔をして、後から挨拶した。二三度やっている内に、主任が自分の後の気配を察して、同時に誤解した。

「いや、職務上の事は別としまして、何も私が歩いているからって、わざわざ下車さるに及びませんよ。しかし、毎日お俥で大変ですね。まあ、あなたなんか、そんな事は構わないんだけれど」と云った。

質屋

三越の切手を貰ったけれど、別に買いたいと思う物もなく、又丁度お金の切れ目で閉口していたところだったから、早速《さっそく》近所の質屋へ持って行って、お金に換えて貰った。証券屋でも質屋でも同じ事だけれど、質屋の方が少し這入《はい》りにくい様である。しかしその為にわざわざ通の証券屋まで出かける程の事もないと思った。それにつけて、自分の昔の事を思い出して見ると、幾夜の懊悩を重ねた上、いよいよ質屋の暖簾《のれん》をくぐらなければならぬと覚悟をきめて、時計と指輪を取り出し、買った時に這入っていた小函に蔵めた。そう云う物を持って道を歩いていると、すぐに人が注意する様な気がして、又何を持っているかが解れば従って私が今どこに行くところであるかも人に知れてしまう様に思われて、出かける前から気を遣った。二つの小函を袱紗《ふくさ》に包み、その上から新聞紙をかぶせて、ぐるぐる巻いて無雑作な持ち物の様にした。そうして一足表に出ると、まだ日が暮れて間もない裏通を歩いている人人が、みんな私に道を開けて通す様に思われた。角を曲がると宿俥《やどぐるま》の上総屋の前には明かるい光が往来に流れている。足がすくむ様な気がしたけれども、思い切ってその前を通りかかった時、入り口の土間で立ち話しをしていた挽き子が二三人、一どきに頭を下げて挨拶をした。いつも私の家に来るのが、「今晩は。お出かけですか」と云って私を見送ったので、ひやりとして、急に手に持っている包を持ちかえようとした。

わざわざこちらから出かけて行かなくても、葉書でそう云えば、質屋から取りに来てくれると云う事を知ったので、それから後は何度も続けざまに質屋を呼んだ。しかしそれにしても、昼日なか質屋の番頭や丁稚が、ふらりふらりとやって来るところを近所の人に見られては堪らない。這入る時に見られなくても、そこいらを歩いているだけで、もう私の家に来るところだと云う事は解る様な気がした。それでいつも夜来て貰う様に頼んだところが、或る時番頭が、夜は店が忙しいから、なるべくなら昼間のうちに伺いたいと云うので、それは少し困るが、昼間のうちならこちらから店に出かけても、滅多に人に会わないかと聞くと、夜分の様には込まないから、お急ぎの時は昼間入らして戴く事になれば早く運ぶと云った。しかしその時もし何人か知った人にでも出くわすと困ると云うと、その場合は先方さんも入らしているのだから、お互様でかまわんではありませんかと云った。番頭の云う事は尤《もっと》もであるけれども、「理窟と道理とへだてあり」

と云う、昔中学の教科書で覚えた文句を思い出した。

往来の人なかで万一顔見知りの番頭や丁稚に会ったらどうしようかと云う事まで心配していた当時の或る晩、その質屋のある坂を降りたすぐ下の時計修繕屋に、前からやってあった目ざまし時計を取りに行ったところが、入口の閾《しきい》を片足またぎかけて、ふと向うを見ると、質屋の丁稚が上り口に腰を掛けて亭主と話しをしていた。はっと思った時はもうその店頭から二三間の先の道を歩いていた。何だか顔一面に熱い湯をかぶった様な気がした。丁稚は私の顔を見たであろう。亭主も見たかも知れない。その店には何年この方修繕や油さしを頼んでいるので、向うもよく私を知っている。ああ到頭こんな破目になったと考えながら、今の事に関係のない独り言を、次から次から途切れない様にぶつぶつ云いながら、夢中でそこいらを歩き廻った。

秋宵鬼哭

　文を鬻《ひさ》ぐ事を始めて以来、常に思う事は、稿料や印税を先方が支払い、こちらが受取る。この交渉の中で重要なのは、こちらの貰う事であって、向うの支払う方は、仮りに半年一年遅れても、ただ帳簿の整理に困ると云う事務上の支障に過ぎない。貰うのが遅れる事から生ずる弊害は、一一その場合を挙げて、説明の労を執るまでもないのである。

　印税は出版後、或《あるい》は発売後一ヶ月とか二ヶ月とか、又は月の何日までに検印のものは、その翌月の幾日、その日を過ぎれば翌翌月の幾日、更に簡単なのは、何月の出版たるを問わず、一年に二回、春秋の某日以外に印税は支払わぬと云うのもあるそうである。稿料にも、それぞれその社の規定があって、受取る方の都合よりは、支払う側の便利の方が重んぜられている様である。家に金はないし、貰う筈の金はあっても、それは雲山万里を隔てた所に蔵されている。あんまり云っては悪かろうと思い、黙っていれば規則の適用を受ける。一体、人に金を借りる事は容易《たやす》く、貸した金を取り立てる事は困難である。結果の如何《いかん》は別として、云い出しにくい点に於ては、両者の間に霄壌《しょうじょう》も啻《ただ》ならぬ差がある。原稿を渡しておいて、所定の期日前に報酬を得ようとするのは、その関係が稍《やや》後者に類する点に、こちらの重大なる引け目が存する。

鬻文《いくぶん》の経験が浅いので、先進諸氏は皆この規定を重んぜられ、従って斯界の秩序と静謐とを保って居られるのであったら、誠に申しわけがない。一体、平素並に前前からの心掛けが悪い為に、僅かそれだけの期間が待てないのだろうと云われては困るので、これは理窟を云って居るのだから、矢っ張り仕舞まで考えておかないと、締め括りがつかないのである。つまり、お金を支払うと云う事は、春秋二季の大掃除に、町内揃って不用の我楽多《がらくた》や塵芥を往来にはたき出すのとは事違い、受取る者があるから、支払うのであると云う点を勘考せられて、この取引の原動者たる受取人の為に、貰ったお金の使い勝手がいい様に計らわれたいと思うのである。使い勝手は早い程よろしく、今日十円で済むものが、両三日後となれば、十五円でも足りないのが、貧乏の奇蹟である。貧乏の事には触れないとしても、受取る側は概して欲しがっている。欲しがると云うのは、千態万様の必要から生まれた感情であろうと愚考する。

それで結局便便と待ってはいられなくなるのである。その窮迫した事情を先方に通ずる事は、金銭上の感傷主義に堕する怖れがあるから、多くは単に九拝して、特別の便宜を計らい賜わん事を悃願《こんがん》する。この為には炎暑を避けず、沍寒《ごかん》を厭わず、雨を冒し風を劈《つんざ》いて、一たび起《た》たば千里もまた遠しとせざるの慨を以《もっ》て、稿料金十円又時としては五円を懐にして帰る事もある。煙草を買い炭を購《あがな》い、近所の時借りが生んだ山蟻ほどの小債鬼に偏《あまね》く完済して両三日の苟安《こうあん》を恣《ほしいまま》にするには以て足るのである。

百鬼園旧套

学校の教師をやめて、売文を始めてから二三年になるが、この商売はいくら勉強しても、勉強の仕貯《しだ》めでらくになると云う事はないらしい。そう云えば、昔に官立と私立と三つの学校を兼務して、沢山月給を貰っていた時分でも、今月は心配ないと思う事は一度もなかったのだから、今さららくにならなくても構わないと思う。そう云うめぐり合せの者も沢山いるに違いないので、私一人の事ではなかろうと思われる。私は二十年来の持病持ちで、時時動悸が打って困るが、心臓病ではないと云う医者の話である。発作の起こった時は苦しいから早くなおりたいと思うけれども、その場がすめばそれでいいので、根本からその病気をなおそうなどとは考えていない。病気もその位長くなると、私の命の一部分である様な気がするから、今急にそれをなおしてしまったら、変な事になるに違いない。病気はなくなっても、そのなくなった為に寿命がぐらつくと云う事も考えられる。寧《むし》ろ死ぬ時に、出来る事ならこの持病を無駄にしたくないと念ずるのである。二十年来馴染《なじみ》の病気で瞑目したら本望だと思うが、そううまく行くかどうか疑わしい。暮らしの不如意も持病と同じ様なもので、急に裕福になったりしたら、おかしなものであろうと思われる。何かしら私の身の上に、よくない事が起こるに違いない。自分の事は忍ぶとしても、世間と云うものがある。何でもない様に思われる色色の事が持ち合って、世の中の事は保たれているのであろうと思うから、突然私が金持になって、周囲を睥睨《へいげい》したら、傍の人達が当惑するに違いない。友人が私のところへお金を借りに来ると云う様な事にでもなると、随分勝手が違ってまごまごする事であろうと思われる。

しかし私は構わないとして、こういつまでも私の暮らしが不如意であるのは、少し可笑《おか》しいと思われる節もある。この二三年間、新聞雑誌に文章の原稿を売った外に、単行本も大分出している。人の話を聞くと、大概人並以上に売れているので、その景気から云えば私は或る程度の余裕が出ていなければならぬ筈である。それが今なおその場の小遣にも窮し、自分のしたいと思う事が、何一つ叶った試しがない。たまに出来たのは無茶でした事である。無茶しか実現しない。それが連続するので、後から人が見て私の本心かと間違える事もある。そう云う事になるのは、私の知らないからくりがあって、その為にいつ迄たっても人並みの暮らしが立たないのではないかとも思う。噺家に聞いた古歌に、福の神が家のまわりを取り巻きて、貧乏神の出どころもなしと云うのがある。

ついそんな話を思い出す事もある。

つくづくお金に窮して、世間を窮屈に思う時、いつでも考えるのはお金は兵隊だと云う事である。自分の身辺周囲を見渡せば、人は銘銘その分に随《したが》った手兵を率い、各その所に立て拠って自分のしたい事をしている。私は後に従う一兵もなく孤城に落日を眺めるばかりである。仕方がないから近くのお城に行き、辞を低うして傭兵して来なければならない。人にお金を借りると、貸してくれた本人よりも、傍の者が悪く云う事がよくあるが、そう云う人の気持は、お金を兵隊になぞらえて考えて見ると思い当たる節もある。

風燭記

日暮れに雨が上がった後は、部屋の中にいると、ややもやする程暖かくなったので、外に出て見たら、町にはずらずらと灯が列《なら》んでいる。明かるくて、綺麗で、どこまでも続き、遠いのは靄の中で光っている。ぶらぶら歩いて振り返り、又横町をのぞいて見ても、どこにも、きらきらと電燈が点っている。大した事だと考えて、少しく荘厳の気に打たれた。どの家でも、みんな電燈料を二ヶ月以上は溜めていない証拠なのである。硝子板《ガラスいた》をたたき砕いて、散らかしたように光っている電燈は、ただでは点らない。一月点すと、洋服を著《き》て、板草履を穿いた人が、調べに来る。メートルの針をのぞいて、数字を書附に控えて行くと、大急ぎで、みんなで集まって、計算するのだろうと思う。間もなくその数字がお金の額に変って、さあ払えと云って来る。人の家に這入《はい》る前に、門札と手に持っている書附とを見くらべて、その分を一ばん上に乗せ、ぬっと這入って、挨拶もせず、片手にはんこを持って、今にも請取を捺すばかりの気配を示しつつ、大きな声を張り上げて、請求するのである。今日は都合が悪いから、この次に来てくれと云うと、はんこを引込め、書附の帳面を畳んで、むっとして帰って行く。それから又やって来た時、まだ払えないので、あやまると、いつも同じ様な姿勢で、片手にはんこをかざしつつ、大きな声を張り上げて、まだ御都合はつかざるや。すみませんが、もう一度お序《ついで》の時に寄って下さいと云えば、もう序はありませんね。町内でお宅《うち》だけです。それが二月目に跨がると、もうあんまり催促してくれなくなる。無言の裡に、消しますよの意味を畳み込んで、書附をひけらかし、はんこもすぐに蔵って、帰ってしまう。すると、出張所から、活版で刷った最後通牒が来て、来月五日に、必ずお留守でも払わなければ、消してしまうと知らせる。それまでにお金が間に合えば、六十日を一ヶ月と考える丈ですむけれども、お金と云うものは、あんまり他からわいわい騒がれると、却《かえっ》て気合がそれて、出来にくいのである。消されては家の中が暗くなって、いろんな物を蹴飛ばしたり、生き物を踏み潰す様な事があっては困るから、出張所まで家の者をことわりに行かせると、帰って来て、大勢いる癖に、みんな聞かない振りをしていて、一人だけが相手になり、きりがないから消すと云って承知しない。ぜひ待てと仰《おっ》しゃれば、それはお待ち致しましょう。消しておいてから、待ちましょうと云うのだそうである。丁度お午頃《ひるごろ》だったので、いい年をしたおとっつあんが、みんなろくでもない物を、一生懸命に食っていた。煙の出ているライスカレの中に、顔を突込んで息をはずませていた人が、受附に出て応対したから、なお気が立っていたのかも知れないと云った。上総屋の神さんは、子供の月謝が遅れて、先生に叱られると云うから、やっと工面しておいたら、電気屋さんが消すと云って、持って行った。裏の浅蜊《あさり》屋では亭主が死んだので、店をやめて神さんが袋貼りをしていると、電気屋がお米代を持って行ったと云って、泣いたそうである。しかし、電気を消されたら仕事が出来ないし、一晩ぐらい御飯をたべなくても死にはしないから、米代は、ともしてくれた電気の下で稼げばいいのである。この冬、深川で四十軒ばかり焼けたのは、電気を消された家の蠟燭が倒れた為だそうであり、函館の大火も、そうらしい話である。電燈の灯りよりは、火事の方が壮大で面白い。電燈料を二ヶ月も待たないで、一月分一口でも遅れたら、すぐ消すことにすればいいと思う。大火事になったら、早速《さっそく》飛び出して、見物しようと楽しんでいる。

炉前散語

学校をやめて売文を業とする様になってから、日常の明け暮れにうっかりしていられないと云う事を切実に感じる。それは何の商売渡世であっても、当り前の事とは思うけれども、永年の月給暮らしが癖になっているので、馴れないからなお更気を遣う様でもあり、実はそれを承知しながら、日日の規律と云うものがないのを幸い、気がついて見れば昨日も一昨日もその前の幾日も何もしなかったと云う様な事が時時思い出した様に気になるので、それで事新らしく、こう云う生活では油断をしていてはならぬと大袈裟に考えるのかも知れない。

別に怠けると云う程のつもりはなくても、少し机に塵が溜まると、すぐに身の廻りに応えて来る。日当りがわるいので、家の中は晴雨に拘らず一日じゅう冷え冷えしているから、朝から晩まで瓦斯《ガス》煖炉を焚き続ける。台所で十銭ずつ機械の中に入れただけの量の瓦斯が燃える仕掛けになっているので、時時すうと薄くなったり、又はいきなりぽかんと云う音がして消えたりする。来客と話し込んでいる時に、急に辺りが寒い様に思って、振り返って見ると煖炉の表が暗くなっているから、「瓦斯が消えたよ」と云っても、襖《ふすま》の向うで埒《らち》の明かない気配である。それで、そうかさっき入れた十銭がお仕舞だったのかと思う事もある。気のおけない客なら十銭貰って入れるけれども、相手によってはそうも行かない。大分籠もっている様だから、暫らく消しておきましょうと云う様な事にしてその場を糊塗する事もある。一軒の家に十銭の金もない事を信じないらしい人が世間に沢山いそうで忌ま忌ましい。

某氏を訪ねると小さな瓦斯煖炉が気持よく燃えているので、大変出がいい様だと褒めたところが、「払いがいいからですよ」と云った。この常談は「あなたのところは払いが悪いからよく燃えないだろう」と云う意味に邪推する事が出来る。私のところでは、即金どころか先払いをしている。

「払いがいいと云っても、月末までは借りておくのでしょう」

「どうするんですか」

それで十銭瓦斯の説明を試《こころみ》た。お金を入れてから燃え始め、それから何時間か続くのである。つまりその初めの時に即して云えば、まだ使っていない瓦斯代を先払いした事になる。

「しかしその時間が過ぎると、すうと消えかかるので、あわてて十銭入れると、忽《たちま》ち新らしい焔が勢いよく燃え出すから、当てつけた様で癪《しゃく》にさわります」

「面白そうですね」

「いや面白くはない。現金なものですと云うその言葉通りだから不愉快です」

「しかし後で払う面倒がなくていいでしょう」

「後の事よりもその時に困る場合が多いので」と云いかけて、家の瓦斯《ガス》がそう云う装置に変った行きさつを思い出したから、いい加減で話しを切り上げた。瓦斯代が二三ヶ月たまって、話が面倒になった揚句に、会社の方からこう云う機械をすすめたのである。

しかし十銭ずつ入れて温まっているのも、趣きがあって悪くない様でもある。私の祖母は、お金は阿弥陀ほど光るとよく云ったが、私は十銭の白銅と云う物はよく燃えるものだと感心して燄《ほのお》の昇るのを眺めている。

家の中は、土間の隅から押入れの奥まで、すべて私の支配するところであると考えていたけれども、台所の戸棚の中に一ヶ所だけ、私の処置を拒む所がある。その中に十銭の白銅が幾つたまっているか解らない。小遣に窮し煙草を買うにも不自由し出すと、ちらちらとその中の事を考える。大体一ヶ月目ぐらいに、瓦斯会社から洋服に板草履を穿いた男がやって来て、台所の板の間に上がり込み、戸棚の中に首を入れて、何処かをがちゃがちゃと云わせているうちに、びっくりするほど沢山の白銅を摑み出す。冬の間の幾月かは大概十何円に達している様である。あまり数が多くて計算出来ないものだから、二寸よりもっと高い棒の様に白銅を積み重ねて、それを幾本も板の間に列《なら》べる。その頭を指先で敲《たた》いて一《ひ》い二《ふ》うと勘定している。あんなにあったかと思うのも忌ま忌ましいが、丁度お金がなくて、差し当りの少しだけでも何処かでどうにかしなければならないと考えている時に、白銅の塔を倒して、じゃらじゃらと袋に入れて持って帰るのを見ると、怪《け》しからん様な気がする。一部始終を見物していた気疲れで、その男の帰った後はがっかりして煖炉の前に帰り、欠伸《あくび》をしながら考えて見る。一体あのお金はこちらで預かっているのであろうか。そんな筈はない様に思われる。一旦がちゃんと入れた以上は、後はもうこっちの知った事ではない。無遠慮に持って帰るところを見ても、そう云う理窟になっている様に思う。うちの台所の戸棚の中に、己の金ではない金が大分ある筈だと云う事を、人に触れて歩きはしないけれど、もし泥坊が這入《はい》って来たらどうしようかと考え込んだ。私のところに生憎《あいにく》お金がなくて、泥坊の見込と違う為、話が六ずかしくなった時、そっと教えてやってはいけないだろうか。苟《いやしく》も泥坊ならば、その位の箱をあけるのは何でもないに違いない。その場合、悪者は泥坊にきまっているが、損をするのは私ではない筈である。泥坊から云えば、私の金を盗んで行くも瓦斯会社の金を盗んで行くもお金の味は同じであろう。私から云えば、その金を泥坊が持って行っても瓦斯会社の集金人が持って行っても、台所の戸棚の中からなくなると云う点に変りはない。寧《むし》ろ戸棚の中になくなったとか、まだ貯まっているとか云う事さえも私には関係がないのである。どうなったところで、あの中には燃やした滓がたまっているに過ぎないと考えたら少し気がらくになった。こう云う事を考え込んでいる暇に早く原稿を書かなければ又火が消えてあわてなければならないだろうと、急に気を張って見たけれど、まだ何だか考え残した事がありそうで、これからすぐに文章を書くと云うような気持にはなれなかった。

御時勢

神楽坂の或る三等郵便局の窓口に「切手売下ロ」と云う木札がぶら下がっているのを見て、昔を思い出した。私共の子供の時分には、どこの郵便局にも、また切手を売る店屋の入口にも「郵便切手売下所」の看板が懸かっていた。それでよさそうなものなのに、売り下げると云うのは人民を見下した云い方で怪《け》しからんと云うような事になって、いつの間にか、そう云う札や看板は無くなった。卸し問屋だの、卸し値段などと云う「おろす」もやめて貰わなければ、小売商人を侮辱していると云う事にはならなかった。

そう云う時勢で今度は「歩行者ハ道路ノ左側ヲ通行スベシ」と云う制札が、「左側ヲ通行セラルベシ」と書き直された。一緒に散歩した私の友達がそれを見て、こう直すのが当然である、今までの制札は威張っていて、不愉快であったと云った。それで私が反対して、そんな馬鹿な話はない、「二等辺三角形ノ頂点ヲAトセヨ」ではいかんから「Aトセラレヨ」と云うのか。「同ジ物ニ等シキ物ハ相等シュウ御座イマス」などと幾何学が云い出したら面倒でやり切れないと云って議論した。

私の在任当時、士官学校の職員厠は片側が高等官厠で、片側が判任官厠と別れていた。機関学校ではその上になお校長専用の木札が漏斗《じょうご》の上にも、その奥の列《なら》んだ扉の一番向うの端にも掛かっていた。校長専用厠の前には下痢患者用と云うのが一つ設けてあったので、看板にかまわず這入《はい》れば、多分そこが一番きれいだろうと想像した。

そう云う学校にも当時の時勢が流れ込んだものと見えて、或る朝、気がついて見ると、士官学校の職員厠の入口の柱に打ちつけてあった木札も内側の高等官厠、判任官厠の札もなくなっていた。引っぺがした後が、白らけたかたになっているので気になった。それから後は、講堂に出る前に、一寸《ちょっと》立ち寄って行きたいと思っても、いつでも生徒が両側に一ぱい起《た》っているので困った。便所の中では高等官判任官の差別だけでなく、職員と生徒との区別も撤廃してしまったのである。

水道税を取り立てる役人が、この頃は軒別に集金して廻るようになった。そのため水道局で人手が足りなくて、増員したに違いない。人ごとながら、月給に有りつく人がふえて結構なことだと思った。私は始末が悪いので、いつも僅かなお金に困り、集金の人に何度も足労をかける。しかしそうでない人でも、あんまり綺麗にお金を払うのは、こっちはうるさくなくていいに違いないが、少し思いやりの足りない話ではないかと思い出した。滞納する者が急に減った場合を考えて見ると、それだけ手間がかからなくなるから、水道局で人べらしをするに違いない。催促して廻って家族を養い、子供を学校に上げている人が、職を失う破目になっては気の毒である。

お金が出来ない時は、そう云う理窟を考えている。取りに来る方は考えが浅墓であると見えて、そんなことは構わずにがみがみ云う。暫らく来ないと思っていると、半ずぼんで自転車に乗った男が、片手に書附を沢山持って勝手口から覗き込んだ。「停水しますよ」と云ったきりで顔を引込めたから、あわてて呼び止めようとすると、片手に持っている書附を示して、まだこれだけ停めて廻らなければならぬから、御用があったら出張所に行って下さいと云った。外にもう一人連れがいて、そう云っている内にもう何かしたようである。台所の栓を開けて見たら、ほうと云う様な音がして水は出なかった。

今度は水道局が御時勢に乗って、直接行動を執り出した様である。昔から電気はよく消しに来たが、水を停めると云うことは軽軽しくしなかったのに、思い切って停めてしまえば、きっと払いに来ると云ううまいところを考えついたらしい。大いに癪《しゃく》にさわるから、どこかの泥溝の水をがぶがぶ飲んで、赤痢になって、方方馳け廻ってやろうかと考えた。

売り喰い

職に離れていたのなら仕方がないが、月月の俸給を貰いながら暮らしが立たなくて、売り喰いをしたのだから情ない。そう云う時に売り払った道具は、大抵私の家に昔から伝わった物であって、私が自分で買った物の中で、後後まで惜しかったと思っているのは、荻生徂徠の写本「琴学大意抄」ぐらいのものである。或《あるい》は著者自身の草稿ではないかと思ったりした事もあったが、まだよく見ない内に、お金に窮して手離してしまった。

自分の愛読した本の初版本を売るのもつらかったが、初版本ばかりを高く買い取る古本屋があって、いくらでも頂戴すると云うので、差し迫ったお金に困った時、大抵みんな売ってしまった。

道具は、昔私の家が貧乏じて店を閉じた時、大概の物は人手に渡ったり売り払ったりした後に、これだけは残しておきたいと云う物だけ取りのけた。従ってあまり金目のかかる物はない筈だが、ただ昔から家の人達が使い馴れているか何かで、手離すに忍びなかったのであろうと思う。

それから何年か後に、郷里の家をたたんで東京に移る時、今度は私も立ち合って、前にそうして残しておいた僅かの道具の中から、又これ計りはどうしても手離したくないと云う物だけを残して、後は処分してしまった。だから東京に持って来たのは、家の年寄達には云うまでもなく、私に取っても大事でならない物ばかりであった。

そう云ういわれのある五つ揃いの宣徳《せんとく》の火鉢をいよいよ売らなければならなくなった。売る事はもう覚悟したけれど、せめて古道具屋がそれを舁《かつ》ぎ出して行くところだけは見ずにすませたいと思った。その様な手筈にして時間を打合わせ、私の留守に古道具屋が来る様にしておいた。

それなのに、その日の午後、私がいつも帰って来る時間を途中どこかで遅らして、もうよかろうと思って家に近づき、門を開けた出会い頭に、中から薄汚くよごれた白風呂敷に、大きな荷物を包んで、重たそうに背負った男が出て来た。それ程大袈裟《おおげさ》に考える程の事でもないと思いながら、矢っ張り顔色の変わる様な気がした。未練な気持がこびりついた儘消えないので、家に上がって洋服を脱いだ後も、口を利く気がしなかった。

亡くなった祖母が昔、夜寒の十夜講に携げて行った袖炉《しゅうろ》も売り払った。子供の時私もお寺について行く晩には、祖母に代って私が携げて行った事も幾度もある。又近年になってからは、私が兼務で毎週一回ずつ横須賀の機関学校に出かけた時、朝早く東京駅を立つので、冬の間は家から乗って出る俥《くるま》の中が寒くて堪らないから、その袖炉に火を入れて蹴込みに置き、腰に巻いた毛布の中を温かくした。赤銅の胴体に、鹿の皮で巻いた赤銅の柄がついていた。何でもない物なのだけれど、子供の時から何十年の馴染がついているので手離すに忍びなかった。しかしそれを売った時は、そのお金がすぐにその日の米代になったのである。その事を思えば未練も起こらない。

祥瑞写《しょんずい》、清風与平作の玄関盃《げんかんさかずき》を売る為には、色色の人の紹介を貰ったりして、大分方方を歩き廻った。雨が抜け降りに降りしきった晩、麻布のどこかの大きな家に持って行って、やっとお金に代える事が出来たが、貰ったお金は十円だった様な気もするし、八円ではなかったかとも思われる。お金の高がはっきりしないだけでなく、麻布と云ってもどこいらであったのか、初めての所ではあり、雨の夜道をうろうろしたので、今考えても丸っきり記憶がない。八円とか十円とか云う値は紹介を貰って来た甲斐もなく安すぎる様で失望したが、しかし何日もその盃を持ち廻って疲れ切ってはいるし、それにその晩はそのお金を貰わなければ恐らく帰りの電車賃もなかったのであろうと思われる。

玄関盃と云うのは外で見た事がないので私には珍らしかった。菓子鉢位の大きさで、直径は七八寸もあったであろう。お客を饗応した後、そのお客が帰って行こうとする玄関でもう一度引き止めて、最後の一献を薦める。その時に使う盃なのだそうである。計って見た事はないが、一ぱいにすれば二合も三合も這入《はい》りそうに思われた。盃の底の藍模様は鶴の佇む姿であった。

志道山人夜話

私が協会の雑誌から謝礼に貰った五円紙幣をしまい込む手許《てもと》を見つめて、志道山人が話し出した。「学校の教師は止めているし、原稿は中中書けない、又夜の目も寝ずに書き上げても、そう云う時になると中中金に代える事が六ずかしいのである。一体、人と云うものは、こっちが切羽つまってお金を欲しがっている時には、同じ仕事に対しても中中報酬を出したがらない様な気がする。

それが昨日や今日の事ではないので、貧乏と云うものも体裁の上の事だけでなく、困窮の極、腹がへると云うところまで来た。発育盛りの子供が大勢いるので、金の切れ目の焦燥は言葉に尽くせないものがある。もういくつ寝るとお正月と云う押しつまった或る日、明日の朝餉《あさげ》の糧がなかった、明日ではないその日の夕食も怪しかったかも知れない。初めての事ではないけれども、事新らしく懊悩を重ねた揚句、云い出しにくいが、矢っ張り木田さんに頼んで、急場を凌ぐお金を貸して貰うより外はないと考えた。

木田さんの家は大船にあって、平生は東京にいない、しかしその日の午後は丸ビルに来ている事を知っていたので、私は重たい足を引きずって出かけた。木田さんに会ってどうか五円貸して下さいと頼むのが度度の事だから全く云い出しにくかった。木田さんは諾否を云わずに、一旦私を連れて東京駅に這入《はい》ったので、そこでお金を貸してくれて、御自分は汽車で帰るのかと思うと、駅の時計を見たり、帯の間から懐中時計を出したりした揚句、東京で御飯を食って行く事にするから、私にもつき合えと云うのである。お金の話はその上の事にしましょうと云うのだから、止むなくついて行く事にした。御馳走を食うのは有り難い様なものだが、私は気がいらいらして、そんな悠長なおつき合いはしたくなかったけれども仕方がない。

それからすぐ何処かに行くのかと思うと、いやその前に銀座をぶらついて、子供のお歳暮に玩具を買って行くのだと云った。それでお供をして何軒も玩具屋をのぞいて歩いた。私も玩具はきらいではないが、段段往来が暗くなり、店の電燈の光が鋭くきらきらするのを見ると、無暗に気持がいらついて来た。しかし貸して貰うのだから、今すぐ出してくれと云うわけにも行かない。仕方なしについて歩いているので、今考えて見ても、その時一緒にあれこれと選り分けたり、中には手に取って眺めたりしたのもある筈なのに、その時の玩具の形も色もなんにも思い出せない。ただ覚えているのは、木田さんが最後に汽車の玩具を買う事にきめて、その代金二十五円払ったと云う事である。

　それから新橋を渡って、這入《はい》ったのが牛肉屋である。そこに行ってから思い出して見ると、木田さんはその家の事を今までに二三度話した事がある。牛肉がうまいと云うよりも、お何さんと云う女中が、大層気に入っている様な話で、行く度に五円ずつ心附けをやるのだと云う事を聞かされていた。当時は所謂《いわゆる》円本の全盛期で、木田さんの様な文士は大変な収入があったらしい。自分の御気に入った女中に、五円の心附けをやる位の事は何でもなかったのだろうと思う。

　初めは下の食堂に通ったのだけれど、お誂えを聞きに来た女中に向かって、木田さんがお何さんはいるかと云う様な事を聞くと、その女中が引込んで、間もなくお何さんが出て来た。肩の線のやさしい、如何《いか》にも年寄りの好きそうな女であった。あら先生、こんな所にお通りにならないで、只今すぐに二階に用意しますわと云って向うへ行った。木田さんはもう大変な御機嫌で、どうです、いい女でしょうと私に云った。私の頼みなど覚えているのか、どうだか心許ない様な事になったけれど、今となっては私が一人だけ先に帰ってしまうと云うわけにも行かないし、又そう云い出しても、それではと云って肝心の五円を出してくれるかどうだか解らない、矢っ張り私は愚図愚図しながら、その内出してくれるだろうと云う一縷《いちる》の望みにすがっていなければならなかった。見っともないとか、さもしいとか云う反省はこう云う破目になっては、捨ててしまうと云う諦めがついていた。反省を捨ててはいるけれども、しかし腹の虫が時時そっちを振り向くのがつらかった。

二階に通って牛肉を煮た。初めはお何さんが傍についていて、お酌をしたけれども、間もなく起《た》ったり坐ったりしている内に、どこかへ行ってしまって帰って来なかった。お何さんがそばにいなくなってから、木田さんは急に酔っ払って、少少持て余す様になった。憚《はばか》りに起ったと思うと、その帰りに、人の部屋に這入り込んでそこで又知らない相手と何か大声に話し合ったりした。しまいにその部屋の客が木田さんの頭をたたいているところへ、私が這入って行った。さっきから部屋に帰って来ないので、どうしたのだろうと思って、探しているとその障子の中で声が聞こえたのである。頭をたたかれた事は、御本人は案外気にして居ないので、それは何の事もなくすんだけれど、後で何がどうと云う事もなくごたごたして来て、到頭その部屋の客が引き上げる時、中の一人は一たん往来に出ていたのが、急に土足で階段を馳け上がって来て、私の顔に一撃を加えた。そのまま往来に逃げ出して行った。後を私が追おうとすると、帳場や料理場の若い衆が飛び出して来て私を抱き止めている。何が何だか事の後先も解らない様な気持になって、もとの部屋に帰って見ると、木田さんはお何さんを相手に、食い散らした鍋の前でまた盃をあげていた。考えて見ると、さっきの連中の一人が、帰りがけに木田さんを殴ろうとしたのを私が止めたので、それがきっかけになったのかも知れない。土足の男の事を考えると、節節がふるえる程私は腹を立てていたが、木田さんは何の事もなかった様に、いつ迄も酒を飲んで止めなかった。もうすっかり酔が廻っているから、何を云っても解らないかも知れない、困った事になったと思っていると、お何さんが余り酒をすすめず、そうっと目だたない様に席を外した後になって、今度は私の家の者をこの席に呼び寄せろと木田さんが云い出した。

それから後の事は、今になって思い出すのも煩わしい、結局云われる通りにして、最後に新橋駅のプラットホームから、十二時近い終列車の二等車の中へ、ぐにゃぐにゃになっている木田さんを送り込んだ後の気持は今考えても、本当に落ち目になった者でなければ味わえないものだと云う気がする。

五円は貸して貰った。その晩はそう云う事で遅くなったから、家の事に間に合わなかったけれども、お蔭で明日を凌ぐ事が出来る。木田さんはいよいよその牛肉屋を切り上げる時になって、先《ま》ずお何さんに勘定書を命じ、その金高を酔眼で読んで、それから大きな、五寸位もある白蜥蜴《しろとかげ》の蟇口《がまぐち》を懐から取り出して、蓋を開けた。酔っているので指先がもつれるのであろう、二十円紙幣を幾枚もそこいらに散らかし、その後からまだ百円札を二枚も出して、ひろげて畳んだ。お何さんも私共も、しんとしてただその手許《てもと》を見ていた。木田さんはそこいらに散らかしたお札をまた一枚一枚もとの通りに重ねて、最後に二十円紙幣を一枚勘定書の上に載せ、別に五円紙幣を取り出して、一枚をお何さんに与えた。お何さんがお礼を云っている前で、もう一枚を私に渡された。それを戴いてしまい込む時、手あぶらで手の平がにちゃにちゃした。あんまり気をつかった所為《せい》だろうと思う」

志道山人の長話を聞いて、私はくさくさした。

金の縁

私もそろそろ一生の峠を越した様な気がするが、これから先は道が捗《はかど》る事と思われる。辷ったり馳け出したりして、行きついてしまえば、それで一先《ひとま》ずお仕舞である。

そのつもりで今まで通って来た道を振り返って見て考える事は、到頭お金が出来なかったと云う事であって、結局取り返しのつかない一生を、その苦労で埋めてしまった様に思われる。

学校を出て官立学校の教官になり、月給が貰える様になったと思うと、西班牙風《スペインかぜ》が流行して、雇った看護婦に支払う給料が私の俸給額より高くなったから、忽《たちま》ち借金が出来た。それから何年か後に出世して、年収は手当を別にした本俸だけで六千円に二十円足りないと云う身分になったので、お金が残るかと思うとその反対で、一生の大貧乏の基礎をその当時に築いた。

その時分の所得税が納められなくて差押を受けたのを月賦にして貰ったのが、ついこないだ迄続いていた。或《あるい》はまだ少少残っているかも知れない。それから学校の教師をやめて文士になったところが、案外本が売れるらしいので、もとの同僚の中には、私が今度こそらくになったろうと喜んでくれた人もいたけれど、それも大間違いであって、本は売れても、それでお金が這入《けい》っても、私の手が触れると同時に雲散霧消するから、もととちっとも変わりはない。

　そう云う事は人の性質によるのか、運勢の為か知らないが、私の様な人間も世間には相当いる事と思われる。しかし又そうでない側の人も沢山ある事は、広い世間を見渡すまでもなく明らかである。つまりお金に縁のある者と、ない者とが集まって、人の世を造っていると云うだけの事であって、どっちか一方だけに片づいてしまったら、窮屈な事であろう。お金に縁のある人がお金をためているのは、私共の側から見ても結構な事であって、又何かの役に立つ事もあろうと思われる。

　ところが、お金に縁のない者同志が相手を見誤って、何かの役に立てようと考えたりすると後でお互に困る。私の旧友の一人に、私に劣らない程運のわるい男があって、学校を出た後も暫らく消息を絶っていたが、何年も過ぎた後に、急に旧交を温めた。

　遊びに来いと云うので行って見ると、洋館のついた立派な家で、いろいろ昔話をしたり、珍らしい写真を見せて貰ったりしている内に、夕方になった。辞する暇もなく仕出し屋から取ったらしいお膳が出て、お酒が出て、大変な御馳走になった。当時は私の一番貧乏していた時分で、大概いつも腹がへって居り、ふだんはお酒なども十分に飲めなかったから、その晩は鼓腹《こふく》の楽しみを恣《ほしいまま》にした。

何日かすると、その頃私が息を殺して隠れていた私の宿へその友達の使と称する見知らない男が手紙を持って来たので、何事だろうと思った。封を披《ひら》いて見ると、一寸《ちょっと》差当り入用の事があるから、金五十円拝借したい、どうかこの使の者に渡してくれとあった。五十円どころか五十銭借りるのに半日も人を追い廻していた時分だから、それはどうにもならなかったが、後で変な気持がした。先《ま》ず第一に、その友達が私の実情を見違えたかと思うので憂鬱になったけれど、次に考えて見ると、そうではないかも知れない。その友達が他からのっぴきならぬ請求を受けて、その場の一時のがれに、無駄と知りつつその相手を私の方へ差し向けたと云う事もあり得る。多分そうに違いないと独りできめて、私は一先ず自分の気持を片附けた。

砂利場大将

砂利場の奥の、どぶ川のほとりに、一人一室賄附一ヶ月二十円の高等下宿を見つけて、その一室に閉じ籠り、三四年の間、世間との交渉を断っていたところが、旧友が私の身の上を案じて「砂利場の大将はどうしているだろう」と云った。

やっとそこを這い出して、又学校の先生になったから、私は自ら退役陸軍大将フォン・ジャリヴァアと号した。

今度の法政大学の大騒動で、また学校をやめられたので、再び現職の大将に復役し、勤務場所は違うけれど、身分はもとの砂利場大将に返り咲いたわけである。

それで、砂利場の昔を回顧して見ると、到る処に細い溝が流れていて、その水にライスカレーのにおいがした。水は澄んでいるけれども、底には白いどろどろした物が、筋を引いて澱《よど》んでいる。襤褸《ぼろ》屑《くず》を煮て、ガーゼや脱脂綿を造る小さな工場が沢山あったので、薬のにおいが、ライスカレーに似ているのだろうと、大分たってから気がついた。

大雨が降ると、すぐに辺り一面泥海になった。外から帰って、終点で電車を降りてから、砂利場に近づくに従い、水は段段深くなって、下宿の玄関に入るには、股の辺りまで水に漬けなければならない。下宿はそう云う地勢を承知の上で建てたものらしく、縁の下は大人が起《た》って歩ける位の高さがあった。だから、まだ畳の上に水が乗った事はなかったのである。

水の引いた後も、中中道が乾かなかった。夕方になると、目のさめる様な新装を凝らした少女や、一分の隙もない瀟洒な青年紳士が、足許《あしもと》を気にしながら、泥濘《ぬかるみ》の小路を曲がって、どこかそこいらの露地の奥に這入《はい》って行った。汚い長屋や、亜鉛《トタン》張りの小屋の並んだ中に、不思議にそう云う綺麗な人人の住家があるらしかった。

床屋に行くには、自分の手拭を携行しなければならない。貸してくれない事はないけれど、規則が八釜しいからと云って、いやな顔をする。

頭を刈り終って、今度は髭剃りにかかった。そのうちに、気がついて見ると、顎の下の同じところを、剃刀がさっきから行ったり来たりするばかりで、ちっとも埒《らち》が明かないらしい。じれったくもあり、何だか変な気持もするので、そっと目を開いて見たら、若い親方は剃刀の刃を私の咽喉に擬したまま、私の顔の上で、目を白くして、うつらうつら居眠りをしかけていた。

日が暮れてから、散歩したところが、小さな店屋の沢山ある道が、いつもと違って、何となく寒寒と薄暗いのである。煙草屋で、朝日を買って、序《ついで》に何だか外が暗いようですねと聞いて見たら、亭主が内緒の様な声をして云った。「町会の金の集りがわるいものですから、街燈の料金が払えないと云うので、町内一帯の電気を止められたのですよ。まあしかし家の中は別ですから、商売には差支えませんが、何しろ不景気な事で」と云った。

錬金術

夏じゅうは団扇《うちわ》を使うのと、汗を拭くのとで、両手がふさがっていたから、原稿が書けなかった。それで見る見る内に身辺が不如意になり、御用聞や集金人の顔がささくれ立って来た。

仕事をする時候ではないけれど、お金はいるので、錬金術を行う事にした。原稿料の前借りをしたり、印税の先払いをして貰ったりした。しかしそうして心を千千《ちぢ》に砕いて見ても、矢っ張り足りない。

いくら錬ってもおんなじ事である。それで歌を作って諦めようと思っていると、玄関に電燈会社の集金人が来て、「いくら懇懇と云って聞かせても、一ヶ月では払わない。若《も》し仮りにそう云う家が十軒もあったとしたら、会社が困ると云う事が解らんかね、お前さん」と云い出したので、その方が面白くなったから、歌は尻切れになった。

やっと錬金、術成りて

合羽《かっぱ》大将、百鬼園
算盤《そろばん》足らずも、いちじるく
昨日の借りは、今日の借り
後の続きは来年の夏作る。

書物の差押

執達吏が差押に来た時、茶椀、箸、おはち等の食器と、神棚仏壇の類と、商売道具とには封印出来ない事になっているそうであって、私は今までに何度もそう云う目に会ったが、大概学校の教師をしている当時の事であったから、本棚に列《なら》べてある書物は商売道具であると云う見方から、向うで遠慮して、初めの内は難を免れた。

一体私などを差押さえるのは、そうして差押さえた物を競売してその売上げのお金を取り立てるのが目的ではなく、強制執行と云う有り難くない手段でこちらをおどかし、または困らして、金を払わせる、或《あるい》はたまっている利子を取り立てる為の一つの方法なのであるから、後で議論の種になりそうな書物などには、先方で面倒がって手をつけなかったものと思われる。

しかし度度差押を受けている内には競売になった事もあるし、段段に家の中の品物が少くなって来たから、しまいには本にも目をつける様になった。

執達吏と一緒にやって来た債権者の金貸しが、あなたは独逸語《ドイツ》の先生だから、独逸の本とか字引などは商売道具であるかも知れないが、文学の本は御商売に関係ないでしょうと云って、差押さえた事もある。また本棚、本箱はちっとも商売に関係のない、単なる家具に過ぎないので、いつでも遠慮なく封印の紙を貼りつけた。

学校の教師をやめてからも差押を受けたが、そうなるともう私の蔵書は商売道具であると云う法律上の保護を受ける資格はなくなっているし、又私の方でも度度の事だから面倒臭くなって、どうでもいいと思い出した。

考え込むと惜しくて堪らないが、また気をかえて見ると、さっぱりした様にも思われる。学生の時分からいろいろ無理して買い集めた蔵書が、友達から羨まれる位たまっていたが、一先《ひとま》ずなんにも無くなってしまった。

机に坐って座辺を見廻しても、一冊も本が置いてないのは、せいせいした気持だと、本気に考えた事もある。

その後になって、また少しずつ本がたまり出した。今度のは著者や版元から贈られたものばかりなので、粗末には出来ないが、本箱を備える気にもならなかったので、畳の上に積んで置いたところが、丁度坐ったくらいの高さの塔が幾つも出来て、そこいらを歩く度にぐらぐら揺れた。一寸《ちょっと》身体がさわると、根もとから崩れて引っくり返る途端に、大変な埃《ほこり》を散らかし、またもとの様に積み上げるのに骨が折れた。

段段たまって来て、始末がつかないので、指物師《さしものし》ではない普通の大工に頼んで、荒木で棚を拵《こしら》えて貰った。その棚に乗せて列《なら》べたから、辺りは片附いたけれど、自分で買った本でなく、人から貰ったものばかりだから、本棚の中に統一と云うものがない。それに枠の木や棚板が白木の儘なので、新開業の古本屋の店頭の様に思われる。

その内にまた本がふえて、この棚が一ぱいになってしまったら、どうしようかと時時考え込む。人から戴いた本を処分するなどと云う事は出来ないが、強制執行と云う事になれば致し方がない。そんな事があっては困るけれど、いつかまたさっぱりする時機がないとも限らない。

胸算用

　私はいつかの本欄に、「書物の顔」と題して、書斎に本を陳列して置く事の愚を嗤う様な文章を載せたが、その新聞が出た日の午過《ひるす》ぎ、出版書肆《しょし》の主人某君が来て、こんな事を云った。

　新聞で御意見を読んだが、あれに就いて抗議を申述べたい。日本の現状では、新刊書を買っているのは、大体貧乏人の側に多い様に思われる。その為に本の代価を高くする事が出来ない。高い本は売れないから、出版社は無理をしても本を安く造ろうとする。それで出版書肆は仕事がやりにくくもあるし、また利益を得る事が甚《はなは》だ薄い。その結果著者に酬いるところもまた薄くなると云う事になる。

　いつまでもこの様な状態であっては、著者も出版業者も、ともども芽が出る折はないと思われる。それでこの頃はこう云う事を考えている。もっと金持に本を買って貰う様にしなければならぬ。金持に本を買わせるにはどうしたらいいか。読書の趣味を普及させる事が根本の問題であるけれども、暫らく方便の順序を変えて、先《ま》ずその家庭に書物を入れる事を考え、それでつい手近にある本を繙《ひもと》くと云う事になる機縁をつくりたい。

それには金持の客間、応接間等で、書物が重要な装飾となる様にする事が、一つの方法であろうと考えられる。それについて、われわれは建築協会の関係有志とも相談しているのであるが、建築家の側でお金持から新築の設計を依頼された場合、どの家にも床の間があるのと同じ様に、今後は新らしい設計に必ず書棚を入れる様にして貰う。据え附けの物でなく、壁を切り込んでその家の一部となる様な書棚を設けるのである。その棚は出来るだけ広く高く、つまり沢山の本が這入《はい》る様に、と云うよりは、沢山の本を入れなければ一杯にならない様な大きな書棚にして貰いたい。そうすれば新らしい家が出来ても、書棚が空っぽでは、床の間に掛軸がない様なもので、見っともないから、自然本を買って入れると云う事になる。今後そう云う事が世間一般の風習となれば、従来書棚の設備のなかった家庭でも新らしく考慮する事になるであろう。そう云う趣味が普及するのは、一般の教養と云う点から考えても有益な事であると思われる。

新刊書がお金持の階級にどんどん売れる様になれば、従って著者に酬いるところも厚くする事が出来るとわれわれは考えている際に、読みもしない本や、もう読んでしまった本を麗麗しく本箱に列《なら》べて、自分の書斎を本屋の店先の様に飾り立てるのは馬鹿であると云わぬばかりの「書物の顔」の様な御感想を発表されては困りますと本屋さんが云った。

云われて見れば御尤《ごもっと》も、返す言葉もなかり鳧《けり》であって、私なども鬻文《いくぶん》を業とする限り、著者としての厚遇を享けるに異存はない。その為には、世間の人人が自分の家に本を飾り立てて、本屋の真似の様な事をしてくれる事が必要であるとすれば、舞文曲筆もまた家の業である以上、素早く前説を飜《ひるがえ》して、美しい書物の背がずらずらと列んだ本棚の壮美を叙述する機会を捉えようと考えている。

そこへ今度私の新刊する本の挿絵を描いてくれる画伯某氏が訪ねて来て、挿絵の版のうつり工合から云うと、今決定している紙質ではいけないから、外の紙に変える様に本屋に話したと云った。

その後で本屋の主人が来て、画伯の意見で紙を変えたが、以前の分は最上の紙質を選んでおいたのだけれど、今度のはずっと安く上がるので、従って本も安く出来ると云った。

本が安くなれば、貧乏人の側に多い読者に好都合であると同時に、発行部数が同じである限り著者は印税の割がへって損をする。安くても沢山売れれば同じ事だと云う計算をする事になると、高くてそれだけ売れた方がなお有り難いと考えたい。矢張り高い本を沢山売ろうとする運動に加担するのが得の様だが、その後画伯に会った時、御意見により紙を変更した為に本が安くなり、従って印税が少くなるから、画料の方もへるでしょうと云ったら、片づかない顔をしていたけれど、舞文曲筆と云う技能は文士の特有であって、画家は備えていないであろうから、先《ま》ず今回は諦める外なかろうと思われる。

揚足取り

某氏の小説に、或る青年が衣食に窮してチンドン屋の弟子入りをすると云う条《くだり》があったので、私がこだわった。

「この話はどうもおかしい」と訪客に話したところが、

「なぜですか、そう云う場合もあるでしょう」とその人が云った。

「そう云う場合があり得ないと私は思うのです。なぜと云うに、チンドン屋と云うものは往来を通ってはいるけれども、家に帰るとチンドン屋ではない」

「それはそうでしょう、自分の家の中で太鼓を叩いたり、鉦《かね》を鳴らしたりしてはいないに違いない」

「いいえ、そうではないのです。町を通っているのはチンドン屋だけれども、家に帰れば、チンドン屋とドン屋は別別の親方があって、仕事の系統が違うから、小説の中の青年がチンドン屋を訪ねて行ったと云う事が難解である。ドン屋に身を寄せたか、チン屋に弟子入りをしたかが判明しないと云うのです」と、つい何日か前に聞いたチンドン屋の内幕の話を、もとから知っていた様な顔をして披露した。

別の某氏の小説に、作中の一人物が、生前は相当にやっていると人から思われていたのに、急に死んだ後で整理して見たら、遺ったものは借金の証文ばかりであったと云う一節があったので、またそれにこだわった。

「それで遺族は明日の日からの生活にも困ったと云うのだから解らない」と私が云った。

「なぜですか、借金ばかり残されては、後のものは困るでしょう」とその時の話し相手が、解り切った事の様に云った。

「作者はそのつもりで書いたらしいが、一通り読んだだけで判断すると、その作中の人物は金持ちと云う事になります。借金の証文があるのは、お金を貸した側です」

「そう云えば、そうだ」

「人に金を貸して、それを取り立てもしないで、その儘死後に遺す様だと、余程裕福であったに違いないから、遺族が明日の日にも困ると云う事は考えられない」

その時の相手は、チンドン屋の話の訪客より少ししつこかったので、私の説明では納得しなかった。

「そう一概にも云えませんね。借金の証文ばかりで、後の者が暮らしに困ったと云うのは、必ずしも作者の軽率な記述であるとばかりは限らないでしょう。主人のなくなった後、古い債権は取り立てられず、手許《てもと》にある借金証文はまるで反古《ほご》同然で、人に貸した金がありながら、みすみす自分達の生活に窮すると云う例はない事とも云われないらしいですね。借りた方の気持から云うと、証文を入れた借金は、むしろ返さなくてもいい様な、そんな気のする点もあるのではありませんかね」と云ったので、いくらか思い当たるところもあり、かたがた、その話に就いては、それ以上にこだわらない事にした。

布哇の弗

去年の夏のうちに非常に暑かった時が三度あったが、その二度目の暑さが続いている七月二十日過ぎの或る朝、まだ八時になるかならないかに、玄関に人が這入《はい》って来て呼鈴を鳴らした。

家の者が取次ぎに出て持って来た名刺を見ると、臺北師範学校教諭宮本某とあって、住所も何も書いてない。しかし公式の名刺はこれでいいと思った。私に会いたいと云うのだそうであるが、私はまだ目をさました計《ばか》りで、人に会いたくないから断れと云うと、その客は明日の晩船に乗って布哇《ハワイ》へ行くのであって、一ヶ月後にまた帰って来るが、たつ前に是非私に会いたいと云う事を家人がもう一度取次いで来た。何だかがあがあした声を出してわめき立てている様子で、離れた所から聞いていても暑苦しかった。しかしそんなに云うなら午後から出なおして来ればお目に掛かりましょうと云わせたら、それでは又伺うと云って帰った。

午《ひる》に近くなると非常にむしむしして来て、こんな暑い日に人と約束なぞしなければよかったと後悔したが、まだ一時にもならぬ内からその客がやって来た。

座敷に通して対座して見ると話しの調子に訛りがあって、その訛りに聞き覚えがある様に思われた。

客が云うには、自分は先生と同郷である。三高から京都帝大の文科を出て、臺湾に赴任した。自分の兄が布哇で邦字新聞を発行しているので、それに御寄稿をお願いしたいと思って伺った。短かい物で結構ですが、如何《いかが》で御座いましょう。

それで私は、寄稿しない事もないが、布哇の邦字新聞と云う物を見た事もないから、先《ま》ずその新聞を送って戴きたい。私の同郷だとのお話しであるが、お言葉の調子は私の郷里の町の人の様ではない。お国はどちらですかと尋ねて見た。

お言葉の通り自分は市中の者ではない。生家は備中の玉島にあると客が答えた。

私の郷里は備前の岡山であって、玉島と云うのは隣り国の備中にある古い港町である。山陽線で行くと、庭瀬、倉敷、玉島と岡山から三つ目の駅であったが、その後に段段駅の数がふえたから、今ではいくつ目になっているか知らない。玉島の駅は町から随分離れているのであって、その間一里であったか二里であったか忘れたけれど、俥《くるま》で行った事を覚えている。初めて山陽線を敷設する時に、玉島の町を通らせるつもりであった所が、当時の人人の考えで、汽車が通ると、旅客が素通りをするから町がさびれると云うので、町に接近して駅をつくる事を玉島でことわったと云う話を聞いた事がある。

　高等小学校の時、初めての一泊旅行で玉島へ行った事もあるが、それより前から私は玉島を知っているのであって、ずっと子供の時、毎年夏になると玉島から海辺の長い土手を伝って二三里先にある沙美《さみ》の海水浴場へ父母や祖母に連れられて行った。或る夏沙美の避暑客の中に虎列剌《コレラ》が出たので、私共は真暗な土手を伝って漸《ようや》く玉島まで逃げて帰った事がある。ずっと後になってそれが知れたから、市役所の消毒隊が私の家へやって来て、私共の身体を石炭酸を沁ませた冷たいきれでごしごし拭いたりした。

　玉島には昔三十八銀行の出宮さんと云うおじさんがいて、私の父と仲がよかったから向うからも時時私の家へ来るし、父もよく玉島へ出かけて行った。父の若い時の事で大いに遊んだものと見えて、三十八銀行の出宮さんや私の父の名前などを詠み込んだサノサ節が遺っている。

　祖母のお寺友達のお婆さんが玉島の駅から町まで人力車に乗って行ったところが、降りた時に俥屋《くるまや》が初めの約束と違う賃銀をせびり出した。それでそのお婆さんが怒って、そう云う事を云うならお金は一銭もやらぬ。又自分もここ迄連れて来て貰わなくていいから、もう一度俥に乗せて、もとの駅まで帰ってくれと云った話を思い出した。

玉島の虎屋の饅頭《まんじゅう》は、岡山の大手饅頭に劣らぬ程有名であったが、今でも有るか知らと思った。竹に虎のレッテルの模様をすぐ目の近くに思い出しそうで、どうも図柄がはっきりしない。そんな事をいろいろ考えたので、初めはうるさい客だと思った臺北師範学校の宮本氏が、当座の話相手として、そんなにいやでもなくなった。

只今お話しのあった玉島の出宮さんは代が変わりまして、御子息の何とかさんがどうしていると云う様な話しをするので、私は昔がなつかしくなった。

出宮さんの家は、入江だか川だかの縁にあって、私は夏にしか行った事はないのだが、座敷の窓の外に厚い渋紙の帆の様な物を斜に突き出して、水の上を吹いて来る冷たい風を家の中へ入れる様にしてあったが、玉島ではどこの家でもあんな事をするのですかと私が尋ねた。

さようです、さようです川縁の家ではよくそんな事を致します。又一度玉島へお遊びに入らっしゃいませんかと客が云った。

貴方は私などより大分後になるらしいが、しかし中学は矢張り岡山でしょうと聞くと、いや中学は広島ですと云った。備中なら岡山へ来るのが普通であるが、しかし私の友人にも備中から広島の中学へ行った者がある。だからそんな事は不思議でもない。

三高の話はしなかったけれど、私が学校の教師をしていた当時の同僚に、丁度この客と同じ頃京都帝大を卒業したと思われる男があって、郷里もたしか備中であったと思い出したから、その男の事を聞いて見たらよく知っていて、色色学生当時の事を話した。その男は放蕩ばかりして何とか云う料理屋の様な家から学校に通っていたと云うのも本当だろうと思われた。

私の飼っている小鳥が隣りの部屋で鳴き出した声を聞いて、客は今度布哇《ハワイ》から帰る時に小鳥を持って来てやると云った。

布哇の小鳥などは欲しくもないし、又お土産に持って来ると云っても生きてはいないだろうと云うと、いやそんな事はない、自分には前に経験があるから大丈夫だと云った。布哇から素人の手で無事に持って来られる様な小鳥は飼っても面白くないからいらないと云ったが、客には合点が行かなかったらしい。是非何かやると云ってきかないから、それなら蜂雀《ハミングバード》は布哇にいるかと尋ねると、沢山いると云った。蜂雀は所によって多少大きさが違うそうだが、布哇のは小さいかと聞くと、小さくて可愛らしいと請合った。しかしどの位の大きさだと念を押して見たら、山鳩ぐらいだと云うので、これは話が違うと思って諦めた。蜂雀は羽根の儘で親指の一節ぐらいと云われる世界中で一番小柄な鳥である筈なのに、布哇では山鳩程もあるのは可笑《おか》しい。客も小鳥の話は勝手が違ったので止めて、なんにも置いてない床の間の方を頻《しき》りに眺めながら、今度帰る時は、差し渡し二尺ぐらいもある貝殻を持って来てやると云い出した。床の間の飾りにすると中中よろしい、この前布哇から帰る時、だれやらさんに持って来て上げたが、今でも床の間に飾って居られます。

時に御寄稿の件を早速《さっそく》御承引戴いて誠に有り難い。こう云う事を無躾《ぶしつけ》に申上げるのは甚《はなは》だ失礼であるが、あちらではお金の事はあっさりと話してしまう習慣になっているので、どうかお気にさわられない様に願い度い。布哇の邦字新聞と申しても、在留邦人が全部購読するわけでもないから、十分のお礼も出来兼ねるが、東京の一流の雑誌社なり新聞社なりから先生に差上げる稿料の金額をそのまま弗《ドル》に数えて差上げると云う事にして御諒承を願いたい。例ゑば仮りにこちらで一枚五円ならば五弗と云う事に致しまして、一弗は只今のところ三円三十銭前後ですから、ざっと一枚十五六円と云う事になります。いかがでしょう、これで三四回か四五回続きの物を年に二三度御寄稿願えませんでしょうかと客が云った。

私はすぐに胸算用を始めたが、一度書いてやると日本のお金にしていくらになるのか、咄嗟《とっさ》には解らなかった。兎《と》に角《かく》大変ないい話を聞くものだと思って、団扇《うちわ》でははたと自分の顔をあおいだ。

御原稿を頂戴いたしましたら、すぐに向うからその稿料をお送り申上げますが、その節は御領収の旨の電報を頂戴致したいので、そのアドレスなどを刷り込んだ用紙は来月帰る時に持って上がってお手許《てもと》に置いときます。こう云う際の事ですから、そうやってお筆の力で外国の金を日本へ取り寄せられると云う事も無意味では御座いますまい。正宗白鳥先生などにも以前からお願いしているのでして、私は御同郷のよしみで時時お邪魔致しますが、お前の所に原稿をやるとお金を沢山くれるのはいいけれど、布哇《ハワイ》の新聞に載るのでは影響がないので、それがつまらないと云うお小言を戴きます。実は今度ももうお伺いしてお願いして参りました。今日はまたこれから泉鏡花先生のお屋敷へ伺うつもりです。

暑いので冷たい珈琲を出したり、氷水を取り代えさしたりして頻《しき》りにもてなした。私も今までいい目を見た事がないが、どうやら運が向いて来た様に思われる。そんな話なら年に二度や三度でなく、もっと度度寄稿してもいいと考えた。

序《ついで》に先生の御著書を出来るだけ揃えて持って行きたいと思いますが、どう云う物が御座いますでしょうか。東京で本を買って来る様にと申しまして、四千円送って来ましたので、今日から明日の間に本屋廻りをしなければなりません。

それは大変な事だと思ったが取り敢えず私の著作目録のついている単行本を二階から取って来て見せた。一寸二階へ上がって下りただけでも一時に汗が吹き出る程暑かったけれど、そんな事は余り気にならない。今これを写し取られるのは御面倒だろうから、本屋でこの本を一冊お求めになれば、後はみんなここに載っている目録で揃える事が出来るでしょう。一冊差し上げるといいのですが、手許に代りがないからその様にして下さいと私が云った。

話しの間に私の事を時時百モン先生と云うのが気になったけれど、百間の間の字を聞と間違える人がたまにある様だから、この客も矢張りその一人なのだろうと思った。

丁度その月の中央公論に私の俳句が七句か八句載っていたが、客はその座にあった雑誌を手に取って、話しの合間合間に私の俳句に見入っているので、俳句はお好きですかと聞くと大好きだと答えた。それでは、さっきの単行本は差し上げられないが、私の句集なら手許に余裕があるから進上しましょうと云って、又暑いのに棚から百鬼園俳句帖を一冊卸ろして来た。

客は非常によろこんで、今まで大阪の青木月斗先生から俳句を頂戴しているが、今後は先生からも頂戴したい。月斗先生には一句二弗《ドル》と云う事にして戴いている。先生もそれでよろしいでしょうか。その外に月斗先生のお出しになっている雑誌の同人の方から戴いたのは一弗と云う事に願って、結局毎月八十弗ぐらいはお送りしている。しかしもっと多い時もある。奥様から、余り沢山お金を送って来ると月斗先生がお酒を召し上がって困るからいい加減にしてくれとお小言を戴く始末です。月斗先生はお酒がお好きで、お酒のげっぷがげっと出る迄召し上がるから月斗と仰しゃるのだそうです。いかがで御座いましょう、先生の俳句もあちらの新聞に戴けませんでしょうか。新らしいのでなくても、只今頂戴致しましたこの句集の中から、季節季節で転載させて戴けばそれで結構です。矢張り一句は二弗と致しまして、私があちらに参りましたら、この句集全部の句数をそれで計算致しまして、早速お手許《てもと》にお届けする様致します。

私は自分の句集にどの位句の数があったか覚えていないので、いくらになるかと云う事がすぐには解らなかったけれど、段段いい話になるので、暑さを忘れる様でもあり、又ますます暑くなる様でもあった。

なお先生の御著書を求めて参りました中から、向うの新聞に連載するに都合のよろしい様なものを選びまして、一冊の転載料何百弗《ドル》と云う事で御承引願えませんでしょうか。それも私があちらへ著《つ》き次第すぐに決定させましてそのお礼をお手許へ届ける様に計らいます。

帰る間際になって、あちらへ行ってから在留邦人をよろこばしてやりたいと思うから短冊を書いてくれないかと云うので承知した。私はただ書いてやるつもりでいると、向うへ行ってから、一枚を五弗に売るが、只今の先生へのお礼は一枚十円と云う事に御勘弁を願いたい。五弗だと十六円なにがしになるけれど、その半端は新聞社の儲けと云う事にさして戴きたいと云った。

私は丁度手許の中央公論に載っている夏の俳句ばかり書いて、六枚でやめた。すると、それでは六十円、只今うっかりして百円紙幣をこわさずに来たから、後で使にお礼のお金を持たせて、その節この短冊を頂戴すると云った。私の家にお金のない事を見抜いた様な事を云ったが、その通りなので、それは後で結構だけれど、短冊を置いて行ったりするには及ばない。お持ちなさいと云うと大いに恐縮してそれでは早速後からお礼をお届けすると云って、短冊を大きな鞄の中に入れて帰った。

暑い盛りを何時間も対座したので、後でへとへとになったが、しかし内心は悪い気持ではなかった。

後からすぐ来る筈の使は来なかったけれど、出帆前にその暇がなかったのであろうと思った。それから一月たって八月の末には随分待ったが布哇《ハワイ》の帰りに寄る筈の客は来ない。到頭一年たって又暑い夏になったけれど何の便りもないので甚《はなは》だ待ち遠しい。玉島の客はその後加減でも悪いのではないかと、時時案じている。

鬼苑道話

金銭の貸し借りに就いて

私が長い間の経験によって考えて見ても、人に金を借りる場合、今仮りに十五円なければ困ると云うのを、ついでだから半端を上げて二十円と云う事にして切り出そうと云う事は出来るものではない。十五円なければ差し繰りはつかないのだが、しかしまあ十円だけ頼んで見て、後は別に何とかしようと考えるのが普通である。

だから貸してくれる側の人は、相手が頼んだ額を値切ったりする事はよくない。何故よくないかと云うに、借りる側ではもともと足りないから借りるのに、その借りた金がまた足りないとなると、益《ますます》融通がつかなくなり、結局そうして借りたお金が返しにくくなる。寧《むし》ろそう云う場合には貸してくれる側で、こちらの申し出より余計にしてくれる方が貸した金の回収に役立つと思う。そうすれば借りた方にそれだけのゆとりが出来、その余裕からそれまで押され押されていた融通がいくらかでも積極的になり、従って手《て》許《もと》の都合がつき易く、借りた金を返すと云う力もそう云う所から生じて来る様に思う。

私は常常そう思っているのであるが、貸してくれる側になると、又別の観点もあるらしく、中中私の思う様に人は計らってくれない。中には、少しでも少く貸しておけば、それだけ返し易いだろうなどと、逆な事を考える人もある。もっと困るのは、云うだけ貸してやれば無駄遣いをするだろう、少しでも削ってやった方が本人の為だなどと云う変な親切心を働かす人もある。そう云うのは本当のお金の難有味《ありがたみ》と云うものを知らない人達に多い。或《あるい》は、自分が持っていれば無駄にならないが人の手に渡れば無駄になると云う風に考えるのかも知れない。

私などは借りる場合が多くて、人に貸すなどと云う事は滅多にないけれども、全くないと云うわけでもない。借りる事もあり、貸す事もあって、それが両立して差支えない事は、質屋の通帳と貯金帳とが一つの抽斗《ひきだし》に這入《はい》っていて差支えないのと同じ事である。その場合でも、そんな馬鹿な奴はない、質屋の利子と貯金の利子とでは算盤《そろばん》が採れない。貯金がある位なら、それだけ質を出して来るべきだなどと尤《もっと》もらしい事を云うのは、矢っ張り本当のお金の難有さを知らない人達であって、そう云う連中とはお金の運用について談ずる事は出来ない。

借りたり、貸したりが両立するばかりでなく、その二つに因果関係を生じる場合もある。頼まれたから貸して上げたいが、無いから他から借りて来て貸すと云うのである。そう云う場合にでも、私は出来る事なら人から頼まれたより幾分でも多くして渡したいと云う事を心掛ける。その誠が天に通じて、危く騙《かた》りを免れたと云う一場の訓話を試ようと思う。

ついこないだの、まだ非常に暑かった日の午頃《ひるごろ》、私が玄関に簾《す》垂《だ》れを掛けて、上り口に腰を掛けていると、人影が二三度家の前を行ったり来たりした。その内に不意に簾垂れの外れの磨硝子《すりガラス》の格子で表の見えない所から人の声がして、私の名を云い御在宅かと聞いた。私は裸なので、自分では出なかったが、家の者に応対させると、その男は簾垂れの横から片手を差し出して紙片を渡した。これを見て返事をくれと云った。

日本紙の罫紙に鉛筆で走り書きがしてある。私の知り合の某氏の手紙であって、某氏の筆蹟はよく覚えていないが、恐らく間違いないであろう。文面によると、私の所からそう遠くない余丁町の光悦パーラーと云う家で昼食をしたが、気がついて見ると、懐中物を紛失している。面識のない家ではあり、宅に電話を掛けて取り寄せるには時間がかかるので困っているから、差し当りのお金を拝借したい。この家の勘定は二円もあれば十分である。後程帰りにお寄りして色色お話し致すが、只今のところこの使の者にお金を渡してくれないか。使はパーラーの者だから封筒にでも入れてお渡し願いたいと云うのであった。

その男を表に待たしておいて、奥に這入《はい》って聞いて見ると、お金は丁度二円ぐらいしかない。差し当りそれを差し上げてもいいけれど、二円と云うのに二円ことづけたのでは悪いだろう。その店の勘定の外に、この使の男に心づけもやらなければなるまい。何しろわざわざ頼まれたのだから、家にあれば十円でもことづけたいが、それはないから仕方がないとしても、せめて五円は入れて上げなければいけないだろう。それでは一寸《ちょっと》一走りして近所の懇意な家で五円借りて来いと云う事にして、その間に私は一筆返事を認める事にした。

只今御返事を書いているから、その間中に這入って待っていてくれと云わせると、表にいた使の男は、そうですか大きにと云ったそうだが、その時勝手口から凄い勢で馳け出して行った家の者の姿を見ると、急にそわそわして、一寸煙草を買って来ますと云う様な事を曖昧に云って家の前を離れた。

私は返事を書いて、同封にて不十分乍《なが》らお間に合わせ下さい。なおお帰りにお立寄りの様な御文面だが、暑い折だから誠に失礼だけれど、それはこの次に願いたい。何故と云うに拝眉するには著物《きもの》を著なければならぬからと云う様な事を書き添えた。

そこへ五円が出来たので、手紙の中に巻き込み、封筒の封をして待ったけれど、使の男は中中帰って来ない。まだ騙りだと云う事には気がつかないので、煙草屋が見つからないのか、どうしたのかそれは解らないが、何しろ某氏がお困りであろう、その光悦パーラーと云う店まで届けて上げようと云う事になって、又家の者が駈け出して行った。

中中帰って来ないので、そろそろ変だなと思いかけたところへ帰って来て、そんな名前の家は余丁町にない。交番、氷の配達人、郵便屋に尋ねたが解らない。郵便屋さんはこの辺も廻っている人であったが、それはかたりですよと教えてくれたと云った。

それでつらつら考えて見るに、誠に危い事であった。五円入りの封筒を持って行かれたとしても、一たん渡した後ではそれが騙りであると云う事が中中わからなかったであろう。私が手紙の中に、帰りに立ち寄らないでくれと云う様な事を書いたから、多分それきりになって、何日たっても手紙もよこさないのは行き届かない人だなと思う位が落ちであろう。

五円取られるのは惜しいが、二円でも三円でもだまされてはいやだ。もしその時、向うの手紙に二円もあればと書いてあったのだから、その通りに家にあっただけの二円を渡してしまったら、使の男は煙草を買って来るなどと云って家の前を離れることもなく、その儘すぐに受取って帰ったであろう。

それを他から借りてまで五円にしようとした為に、家の者が勝手口から馳け出すのを見て、或《あるい》は露見したのではないかと思ったらしい。人を呼びに馳け出したかと思ったから逃げてしまったのであろう。

これは誠に偶然の事であるけれども、私に右の様な心掛けがなかったら、うまうまと騙りにせしめられるのであった。友人に金を貸してやる様な立ち場に起《た》った人は一通りこの話を玩味せられん事を希望する。

雑木林

一

今ここに覚え書をしようと思う人の事は時時何かの拍子に思い出す事はあるけれども、名前を忘れてしまったので、何となく取りとめのない様な気がする。大地震後の日本橋の奥のバラック建にいた時、何度も訪ねて行ったのだから、せめてその町の名前でも覚えていれば、それを仮りの苗字に代用して話を進めたいと思ったが、その町名も忘れてしまった。それで仮りに小田と云う名前にしておくけれど、これは差しさわりを遠慮する為ではない。又その人はもう十年も前に死んだので、差しさわりと云う事も心配はない筈である。ただ、その人が死んだと云う知らせを受けて、暫らく過ぎた後、その当時開通したばかりの小田原急行電車に初めて乗って、新宿から走り出した右側の窓の外の景色が、何だか見覚えがある様な気がしたので、ぼんやり眺めている内に、電車が代代木の丘の麓にかかって、向うの雑木林の間から、四五軒続いた家並が見えたら、やっと気持がはっきりして、思い出した。その家並の中の一軒に小田は長い間病臥《びょうが》した挙句に、男の子を一人残して死んだのである。私が見舞に行った時、小田は寝ながら腕を伸ばして、窓の方を指しながら、今にあの辺を電車が通るそうですと話した事も思い出した。

小田急に乗ってその家を見た時の事を一番はっきり思い出すから、それで仮りの名前を小田と云う事にした。

大地震の後には、人に金を貸したいと云う人が方方に出て来て、新聞に広告を出したりした。本職の金貸しよりは利子も安く、条件も寛大で、借りる側には大変有り難かった。小田もその一人なのだが、私は小田の外にもまだそう云うのを一人二人知っている。しかし私の知る限りでは、一時の思いつきでそう云う事をやった人は、大概後がよくなかった様である。結局少し許《ばか》りの利子を覘《ねら》って、元も子も失うと云う事になったらしい。

小田は初めて訪ねて行った時から大変私に親切にしてくれて、お金も沢山貸してくれるし、利子も高利貸の半分位にしてくれた。尤《もっと》もそれでも日歩二十銭か二十五銭位なのだから、安いと云っても普通の取引では想像もつかない高率であるけれども、私などはその当時小田のお蔭で、本物の高利貸の口をいくつも片づけて、大いに負担を軽くして貰った。

借りては返し、返しては又借りると云うのは、そう云う関係では普通の事であるが、特に小田に対しては、相手がこちらを信用してくれると云う自信があったので、返しておけば又いる時にいつでも貸してくれると思うから、その時少し位の無理をしても、約束の期日には返しておこうと云う気持になった。

そうしている内に、その間がどの位続いたか、一年か二年か、或《あるい》はもっと長かったか、それも忘れたが、小田が段段顔色が悪くなり、自分でも病気だと云う事を口に出して云う様になった。

二

私が小田を知る様になった時は細君はもういなかったが、十二三の男の子があって、時時ぶきっちょな手つきで、私にお茶を持って来たりした。細君は死んだと云う話を聞いた様に思うけれど、病死したのか、それとも当時の事だから、地震で死んだと云ったか、その事も今は覚えていない。

借りたり返したりしている内に、私も段段行き詰まって来て、最後の一口はいつ迄も返せなくなった。小田は八釜《なべ》しい催促をするのではないが、自分も病身で困るから、御都合がついたら、成る可く早く返して戴きたいと云う事を、鄭重な手紙で云って来た事もある。私だけでなく、と云うよりは私は寧《むし》ろいい方であって、外《ほか》からの回収がすっかり駄目になった様な事も聞いた。

病気が思わしくないので、こんな町中よりも田舎の空気のいい所に出た方がいいと思うから、近い内に代代木の外れに引越すつもりだと小田が話した。病気の為ばかりでなく、暮らしの方もあまりよくない様に思われたので、早く残りの金を返さなければ気の毒だと思ったが、私も外から責められる口が多いので、中中思う様に行かなかった。

代代木に移った知らせを受けてから、解りにくい家をやっと探し当てて、見舞旁《かたがた》、ことわりに行った。丁度今頃の時候で雑木林の落ち葉が黄色く乾いて、足許に散らかっていた。

その家に移ってからは、小田はずっと寝たきりであったらしい。利子を持って行った事もあり、持たずにその言い訳に行った事もあるが、小田はいつでも非常によろこんで、「どうも御親切に有り難う御座います。この部屋は臭いませんか」と云って、寝床のまわりを婆やに片づけさしたりした。

その当時出た「天草美少年録」と云う本が読みたいと云うので、私は帰って来てから本屋を探して、送ってやった事もある。

何とかして、二百円都合してくれと更めて頼まれた。二百円では私の借りている額面に足りないのだが、今迄に利子も貰っているし、今差し当たり自分の方で困るのだから、それ丈で証書をお返ししたいと云った。

中中出来なかったが、やっと都合して持って行ったら、小田は、実は療養費にも事を欠いていたところであって、実に有り難い、御恩は決して忘れないと、丸で逆のお礼を云われて、私も恐縮した。

それから暫らくして手紙が来て、自分の病気は段段悪い、子供の事が気にかかるが、恢復は六ずかしい事を覚悟している。しかし御厚誼《ごこうぎ》は決して忘れない。まだ先日戴いたお金が十分残っているから、安心して静養していると書いてあった。

私の返した二百円が最後の金ではないか知らと私は心配したが、それから間もなく小田のなくなった知らせの葉書が来た。子供の書いた四角張った字で、子供の名前が書いてあった。

その男の子は今どうしているだろうと思う事がある。心配して見たところで、私にはどうしてやる事も出来ないが、せめて消息ぐらいは知っていなければ、小田に済まない気持もする。しかし私は何も彼もすっかり忘れてしまってその子の名前はもとより、小田本人の苗字さえ覚えていないのだから、何かの機《はず》みにその当時の事が心に浮かぶと、何となく不安である。それで自分の気休めに、薄れかかった記憶を辿《たど》って、この様な曖昧な覚え書を書いておく事にした。

百円札

甘木は金貸しと云っても、金主は外にあって、仲介の口銭を稼いでいたのであろうと思われる。私がどうして甘木を知ったのか、はっきりした記憶はないが、お金の工面に困った挙げ句に、新聞の案内広告で訪ねて行ったに違いない。その当時私は官立学校二軒の教官を兼ね、又私立大学の先生もしていたので地位が確かであるから、どこの金貸しでもすぐにお金を貸してくれた。甘木も二つ返事で計らってくれたのであるが、証書の作成に就いては中中厳重な事を云った。それに甘木の家がきたならしい露地の奥にあって、行く度にどぶ泥のにおいがする様な所であったから、こう云う相手からお金を借りると、きっと後で六ずかしい事になるだろうと云う事は、私のそれ迄の経験で解っていた。甘木は大概玄関の上り口で私に応接したが、自分の書斎へ通れと云う事もあった。床が低くて畳の裏がじかに湿った土に喰っついている様な座敷に坐るのはいやだったけれど、こちらの頼み事で期限を延ばしてくれとか、前のをその儘にして、もう少し貸してくれとか云う様な話し合いが長引く時は仕方がない。云われる儘にその座敷に通って、ずわずわした座布団の上に坐る。甘木は煙草盆を引き寄せて、縁をぽんぽん叩きながら、よごれた煙管で刻煙草《きざみ》を吸った。非常な多弁であって、何か饒舌《しゃべ》り続けるのであるが、どこの生れか知らないけれど、音《おん》に訛があって、私にはよく聴き取れない。私の要件に関係のある点だけは問い返しても要領を得る様にしたが、後はいい加減合槌を打って聞き流した。何か甘木自身の著書の事を繰り返し繰り返し云うらしかった。その書斎の一方の壁には荒木で造った書棚の天井まで届く様なのが取りつけてあって、クロースでぶかぶかに製本した書物や古雑誌などが一ぱい詰まっていた。時時私をその座敷へ通すのは、自分は金貸しの様な事をしているけれど、本来はこれこれの学者であると云う事を示す為でもあろうと思われた。

何度も借りたり又返したりしている内に、結局自分の不始末を弥縫《びほう》する事が出来なくなって行き詰まったが、そうなると甘木は実に猛烈であって、祟《たた》り目に落ちている私の気持を一層憂鬱にした。私はその時の蹉跌で学校もみんな止めてしまうし、又別に家庭の紛紜《ふんうん》があって家を出ていたのであるが、甘木はそう云う所へ乗り出して来て、私の留守へ怒鳴り込み、私がいないと云うと、帰るまで待つと云う様ないやがらせを云って、上り口に何時間も坐り込んだ。借りた金を返せと云われるのは当然の事であるけれど、そう云う関係の貸借では、何度か同じ事を繰り返している内に、最初の元金などはとっくに返済となっている位お金を運んでも、それはみんな利子に廻るから、額面の債務はその儘残るのが普通である。従ってその証文がいつ迄も物を云うのは仕方がない。だから当初の契約に従って、学校の俸給に転附命令をかけるとか、家財を差押さえて来ると か云うのは止むを得ないが、甘木の様に怒鳴り込んで来るのは困る。甘木が差押をしなかったのは、他の債権者に先を越された為もあるか知れないけれど、裁判所に掛けてそう云う事をするのは得手でなかったのであろうとも思われた。それを又甘木は恩に著《き》せて、外の連中はあの通り差押をしたり転附命令を掛けたりしたが、自分はそちらの人格を信じているから、何もしないではないか。然《しか》るに言を左右にして払わない。怪《け》しからん話だ、せめて五円でも三円でもよこせと云って帰らない。その時の借金の額面はいくらになっていたか覚えていないが、三百円か四百円より少い事はない。それを楯にして三円五円、或《あるい》は二円一円、ひどい時は五拾銭持って行った事もある。勿論《もちろん》そんなのは利子にも入れやしない。ただその座の口ふさぎと云うに過ぎない。私がそう云う風に落魄《らくはく》した頃から甘木も暮らしがうまく行かなくなったのではないかと思われた。私が甘木の家を訪ねた時分にも、酔っ払っていた事はしょっちゅうであったが、私の留守へ乗り込んで来る様になってからは、必ず酒気を帯びて、焼酎を飲んで来たと自分で云ったそうである。

私立大学で私の教えた学生の中に大変よく出来るのがいて、卒業するとすぐその学校の先生に抜擢《ばってき》されたので、私の同僚になったが、その間に私は右の一件で暫らくその私立大学も止めたから、教員室で顔を合わす折はなくなったけれど、しょっちゅう私の許《もと》にはやって来た。その若い教師と話している内に、何かのきっかけで金貸の甘木が若い教師の中学時代の先生である事が解った。それだから金貸しの傍ら、あんなに本を積み上げて尤《もっと》もらしい顔をしているのだと合点が行った。しかし私の懇意な若い教師と、私の一番閉口している債権者とが、昔の師弟であったとしても、今私の受けている威圧をゆるめて貰う事は出来そうもない。それは一体話が違うのであるから、ただ不思議なめぐり合せを嘆じ、因果な話もあったものだと思うばかりである。

しかしその後に私が甘木に会った時は、矢張り若い教師の話を私から持ち出した。何となくそれで先方の鋭鋒を鈍らせる下心であった事は自分で解っている。甘木もその若い教師の中学時代を覚えていて、あの子はよく出来たと頻《しき》りに褒《ほ》めたが、後になって、私の方がいつ迄たっても埒《らち》があかないので腹を立てた挙げ句に、ああ云ういい弟子を持っている癖に、本人はちっとも信用が出来ない。おとなしくしていれば、いつ迄待っても金を払わぬ。怪しからん奴だと云う事になって、その若い教師は甘木が私を罵倒する場合の照応の役目をする様になった。

そうかと思うと、穏やかな話しをする際には、我我お互に教育家として、と云う様な事を甘木が云い出して、結局教育家の責任上早く金を払えと云う事になった。若い教師の話から、その中学時代の甘木の同僚が私共のいた私立大学の教務部長になっている事を知ると、急に嶮しい顔になって、あいつは怪しからん奴だ、怪しからんから殴ってやったと、解りにくい口調で同じ事を何度も繰り返した。昔の事を思い出して腹を立てている様でもあるが、怪しからん奴は殴ると云う主旨を私に云って聞かせている様なところもあった。

その後暫らく鳴りを静めたが、二三年たって又八釜しく云って来だした。裁判所へ持ち出すとか、調停にかけるとか云うのでなしにじっと私の証文を握っているのであるから、今までにいくら払ったとか何とか云っても、元金がその儘になっている以上仕方がない。やって来られれば、又その度に僅かずつでも出さないと云うわけには行かない。暫らく顔を見せなかった間に、細君が死に、以前の家は引払って、泡盛屋をやったが、それも間もなく止めた。どこやらの夜学の校長とか校主とかになる筈だと云う様な話であった。

兎《と》に角《かく》私はなお暫らく待って貰う様に諒解を得なければならぬから、甘木が知らせて来たアパートへ訪ねて行った。アパートと云うものをまだよく知らなかったのであるが、省線の駅を出てから町外れの方へ随分行った所にあるごみごみした裏町の突当りにその家の入口があって、玄関の十間にはやっと人の通れる隙間を残して、泥だらけの自転車が十何台も立て掛けてあった。受附で甘木のいる部屋を聞こうと思ったが、誰もいないので、どうしようかと迷っているところへ、爺さんが廊下を通り掛かったから、教わったら二階だと云った。下駄を脱いで上がったが、廊下は砂だらけである。二階へ行って見ると、廊下を鼠が何匹も走っているし、甘木の部屋の方へ曲がる角には、頭の上に綱を引いてお襁褓《むつ》がずらずらと釣るしてあった。残暑の頃で甘木は西日の当たる六畳の部屋の隅に裸で向う向きに坐っていたが、私の声を聞いて振り返った手許《てもと》を見ると、よれよれの浴衣のほころびを縫っているのであった。あわてて針を抜いて、その浴衣を引っかけた。もとから鼻は赤かったが、顔全体が憔悴《しょうすい》して来たので鼻の先の赤いのが殊更《ことさら》目立つ様であった。私は何年か前の何も彼も滅茶苦茶になった当時にくらべると、少しはらくになり掛かっていたので、多少のお金の工面がつかない事もない。幸い私の本が売れ出していたので、その版元に頼んで印税の前借をして甘木に返そうと思った。しかしお金の事は矢張りこちらの思う通りには運ばないのであって、私はその町外れのアパートへ二三度延期の諒解を求めに行ったが、こちらの話があてのある事であったから、甘木もおとなしく応対した。残っている証書の額面は二百何十円とかであるが、今間に合わしてくれるなら百円で証文を巻くと云った。そう云う話しをしている間にも母親を失った子供達が、小さいのはまだ学校に行くか行かないか位なのもいて、頻《しき》りに部屋を出這《では》入《い》りした。借りたものを返し、厄払いをしたいと云う外に、今の甘木の役に立てたいと云う気持もしみじみ起こった。アパートを出て、道の両側の店が全体で市場の様になっている通を抜けて帰って来る途途奇妙な憂鬱に襲われ出した。西日を受けて明かるくなっている甘木の顔と鼻の先が目先にちらちらした。初めは金主があって廻した金にしろ、長い間の事であるから、そちらの関係はもうとっくに済んでいるに違いない。今私の調達する百円はきっとその儘甘木の手に這入るのであろうと私は考えて、却って張り合いがある様な気がした。

何日か後にやっとお金は出来たが、その場になって見ると、矢張り私自身の身辺も差し迫っていて、甘木へ持って行ってしまうのは困ると思ったけれど、この折をのがすと又いつ返せるか解らないので、思い切って新らしい百円紙幣を八ッ折りに畳んで袂に入れた。アパートの廊下をいつぞやの爺さんが掃除しているのだが、雑巾掛けでなくざあざあ水を流しているので、埃《ほこり》除《よ》けに穿《は》いて来た足袋の裏がぬれてしまった。

足袋を脱いで甘木の前に坐り、袂から百円紙幣を出して折り目をのしたら、甘木が急に晴れやかな顔になったのが、下を向いている私の額で解る様な気がした。何か早口に饒舌《しゃべ》り出した。ついこの近くに十七円の借家がこないだから空いている。子供達もいる事だからこんな所を引き払って、早くそちらへ移りたいと思っていたが、これでやっと引越しが出来る。有り難いと云ったのが聴き取れただけで、後は何と云っているのか解らなかった。私もほっとしたけれど、晴れ晴れした気持はしない。先年夭死した私の長男が元気であった頃、甘木がしつこくやって来て悪態をついて一円二円と持って行くのに腹を立てて、あいつを殴ってやろうと云ったのを思い出した。私がまた底のぬれた足袋を穿いて帰った後、甘木は子供を連れて空家の約束に出かけるだろうと思いながらアパートの玄関を出た。

二銭紀

先日、京都府新舞鶴の海軍機関学校に行く用事があって、暫らく振りに汽車旅行をしたが、行きも帰りも昼の急行に乗ったので、何年振りかに車窓から比叡山の姿を眺める事が出来た。特に帰りの汽車では、丁度霽《は》れかかった雨雲の脚が、峯のあたりにからまって、それから下の中腹から麓にかけては、二月の日ざしとも思われない明かるい横日を一ぱいに受けている為、山肌が紫色に輝やく様に思われた。私は椅子から乗り出して、展望車の後《うしろ》に段段薄れて行くその山容を眺めている内に、昔の事を思い出した。

今私の子供は高等学校の入学試験で騒いでいるが、私の当時は高等学校と大学の新学年は秋の九月に始まる事になっていたので、入学試験は七月中にあった様に思う。私は入学試験を終わった後、必ず這入《はい》れたと思う程の自信は勿論《もちろん》なかったけれど、又到底駄目だと云う気もしなかった様で、結局今更心配しても仕方がないと云う簡単な諦めから、案外呑気に構えていたらしく思われる。

丁度その時、大阪朝日新聞が比叡山の上で夏期大学を開催すると云う計画を発表したので、急に行って見たくなった。期間は一週間で、山上の寮に寄宿するのである。私は一人息子で、その齢までまだ一人旅をした事もなく、又他人に混じって寄宿舎の生活をした経験もない。しかし、これから段段上の学校へ行く様になれば、そう云う事もいずれは人並みにしなければならぬのだから、今の内にそのお稽古をしておくのもよかろうと云う事になって、祖母や母も賛成してくれた。

京都には三条の大橋と小橋との間に、お祖父さんの当時から、京都に行けば必ずそこに泊まる事にきめていた宿屋がある。又祖母も母も何度も泊まった事のある馴染みの宿だから、今度も先《ま》ずそこへ泊まって、家との連絡はその宿からする様にしろと云われた。馴染みのない土地へ行って、いきなり山に登った限り一週間も降りて来ないのでは、留守の者が心配で堪らぬから、必ずその宿屋へ、これから山へ登ってこれこれの所へ籠るけれど、その間に家から急な知らせでもあったら、すぐに使を立ててくれと云う事を頼み、又山の上で病気にでもなったら、その宿屋まで降りて来る様にしなければならぬと、祖母と母から、くれぐれも注意された。

出発する前には、十分の旅費や小遣を貰った上に、祖母が私の見ている前で、胴巻に十円紙幣を縫い込んで、こう云った。

「このお金は決して使ってはならぬ。使う為に上げるのではない。もしやと云う場合の用意にこうしておくのだから、勝手に出してはならぬ。それこそ本当のもしやと云う時でなければ手をつけてはならぬ」

岡山発の上りに乗って、午後京都に著《つ》いた。駅から俥《くるま》で三条の宿屋に行き、夕飯を食って散歩に出る時、胴巻の十円を引っ張り出して持って行った。京極をどっちかへ行った辺りの本屋で、箏の大意抄七冊と荻生徂徠の琴学大意抄と云う写本とを買ったら、大方十円はなくなってしまった。その時分私は箏に夢中になっていた最中なので、比叡山の講習会に来る決心をする前にも、その方は止めて、当時私の師事していた池上撿挍の紹介を貰って、名古屋へ夏休みの間、内弟子に行こうかと考えたりしたぐらいだから、岡山では手に入らない大意抄を、京都に行ったら一番に買おうと、前から計画していたのであろうと思う。

その本屋の名前は覚えていないが、知らない土地に来て、そう云う特殊な本屋をいきなり探し当てたのも不思議である。池上撿挍か、それとも何人か外の人にでも、あらかじめ教わって来たのかも知れない。

その翌日もう一日宿屋にいた。そこへ城栄太郎さんが来てくれた。城さんは当時京都大学の学生であったが、六高出身なので、岡山にいる時、私の家で知り合いになった先輩である。訪ねて来て、何を話して行ったか丸で覚えていないけれど、もともと京都の人ではあり、又お寺に関係のある人の様にも聞いていたので、私がこれから登る比叡山に就いて、何か予備知識でも与えられたのであろうと思う。

たしかその次ぎの日に比叡山に登ったと思うが、道連れがあるわけでもなく、一人で長い山路を歩いたけれど、別に退屈もしなかった。講習に集まった人はどの位いたかよく解らないが、少くても百人よりは多かったに違いない。その人達も同じ日に山を登ったに違いないと思うのに、不思議に私の登って行く前にも後にも人影はなかった様である。

根本中堂のある所へ登りついて、受附にあらかじめ新聞社から貰ってある会員章を示して手続をすませた。私がこれから一週間寝起きをする寮の一室に案内せられた。

寮には大きい部屋も小さい部屋もあった様だが、私の入れられたのは小さい方で、多分四畳半ぐらいであったと思う。そこに三人同居する事になって、一人は紀州の酒屋さんだとか云う顔の長い、陰気な人で、私より十ぐらいも年上であったらしい。その時私は十九だったのだから、それにしても若い人であったに違いないが、何しろ、何かかぶさった様な暗い気持のする人なので、私の記憶には随分大人であった様に残っている。

もう一人はどこかの学生だと云った様だけれど、それも色の黒い、無口な男で、ちっとも面白くなかった。丸で知らない同志が三人集まったのだから、仕方もないが、それにしても一週間も同じ部屋に寝起きしながら、お互に打ちとけると云う事もなかった様である。偶然落ち合った三人が、運わるく気の合わない同志であったのかも知れない。

その学生も私より年上なので、結局私が一番若かったから、三人共通の用事は私がすると云う様な事になったらしい。みんな黙っている癖に、御飯だけはよく食った様で、三人揃って御膳に向かっている途中に御飯が足りなくなり、私が空のおはちを抱えて、賄へ追加を貰いに行った事が何度もある。

一週間を通じて、三度三度ずっとお精進であったから、食べ馴れない初めの内はまずかったけれど、その内に平気になって、それが当り前の様なつもりで食べたが、おかずが物足りない為に、腹がへって、御飯が足りなかったのであろうと思う。

真夏の八月の初めであったけれど、高い山の上だから、暑いと云う事はなかった。それで主催者が、涼しいから蚊はいないと速断したのか、或《あるい》は少し位はいても、蚊帳がみんなには行き渡らないから、知らん顔をしてすましたのか知らないが、夕方暗くなりかけると、蚊がぶんぶん耳のまわりを飛び廻って、うるさくて困った位だから、燈を消して床に這入《はい》った後は、布団の外に出ている手や顔をちくちく螫《さ》すので中中寝られなかった。

それだから暗くなると窓の障子を閉め切って、三人がかりで部屋の中を飛んでいる蚊を追っかけ廻して、手で敲《たた》いて殺したけれども、大体もういないと思って寝ても、暫らくすると、どこからか又出て来て、耳のまわりでぶんぶん云うので、気が立って寝つかれない。私は特に蚤や蚊がきらいで、一寸《ちょっと》でも喰われると、その痕が大袈裟《おおげさ》にふくれるたちなので、すっかり閉口した。

色色苦心した挙げ句に、私は天井から袴をぶら下げて、その中に顔を入れて寝る事を発明した。寝床の丁度枕の上あたりに袴の裾を垂らし、紐や腰板のあるところは固く絞って、蚊が這入らない様にするのである。紀州の酒屋さんと学生は私のする事を見て、別に笑いもしなかったが、又感心した様子もない。銘銘勝手に、お休みなさいと云った後は知らん顔をして自分の寝床に這入るのだが、私は二人の寝た後も、まだ上から垂らした袴の工合を直したりして、やっと思う様になったので、寝床に這入って、枕をして、頭の上からすっぽりと袴をかぶった。いい分別を思いついたものだと一人で感心して、袴の中で目をつぶっていると、流石《さすが》に蚊は一匹も顔のまわりにやって来ない。それで安心して眠ろうとしたが、まだそれ程時間もたたないのに、段段袴の中が温かくなって、次第に蒸し暑くなって、仕舞には息苦しくて我慢が出来なくなった。思い切って、片手で袴をはね退けて見ると、袴の外は涼しくて、せいせいして、呼吸をするといい気持がした。蚊には喰われても、この方がらくだと思ったから、又起きて、天井から袴を外して、そこいらにほうり出した儘寝てしまった。

その時の燈りは電燈でなく、石油洋燈《ランプ》だったのだが、それから二晩か三晩後に、たしか紀州の酒屋さんの思いつきで、まだ暗くならない内から洋燈をともして、窓の外の廂《ひさし》の下に釣るしておく事にしたところが、その後は部屋の中に蚊がいない様になった。よその部屋でもその真似をして、廂の下に燈りを釣るす様になったから、夕方にはずらずらと洋燈が窓の外に列んで、草の深い庭を照らした。

一週間にわたって色色の人から聴いた講義は、私がまだ中学を出たばかりで、何も解らなかった所為《せい》か、殆んど記憶に残っていないが、ただ京都大学の足立博士の講演だけは、大体の要点を覚えている様な気がする。

当時、大阪朝日新聞には、今でもあるかも知れないが、「天声人語」と云う欄があって、別の頁に「犬声狆《ちん》語」と云うのがあり、「人物画伝」に対して、「珍物画伝」と云う面白い記事があった。足立博士はたしかその「珍物画伝」の第一回に出た奇人である。しかしその講義は真面目で、しかも面白くて、私などにもよく解った。私の様な何の予備知識もない者にも、解剖学の起《た》ち場から説かれる比較人類学の大要が呑み込めた様な気がした。

一週間の期限が来ない内に、そのお話が一先《ひとま》ずすんだので、その後は塵塚に就いての講話があった様に記憶している。太古の人類の骨の化石を調べて、黴毒《ばいどく》はコロンブス以前からあったのではないかと云う様な事を考えると云うお話であったと思う。何でもなく話される言葉の調子に、云うに云われない味いがあった。

「さて皆さん、塵塚を掘り繰り返すと、出て来る物は火屋《ほや》、洋燈、コップの毀れ」

そう云った足立博士の口調が耳の底に残って、三十年たった今でも、「ほや、ランプ、コップの毀れ」と云う語呂が口先に浮かんで来る。

講義の間の休み時間か何かに、みんなが庭に出て、樹の間から見える琵琶湖を眺めていると、私のすぐ前に、足立博士が「珍物画伝」の一人らしい汚い麦藁《むぎわら》帽子をかぶって、向うを向いていた。

不意に後を振り返って、別に私に話すと云うのではなく、そこいらにいた何人でも構わなかったのであろうけれど、ついそこに私がいたものだから、「君」と呼ばれた。

さっきから後姿を見て、何となく可笑《おか》しくて堪らなかったところなので、あわてて息を詰めて「はい」と云うと、「あっちから風が吹くだろう。湖の湿気を持って来るのでいかん。湿気が多過ぎるのだ」と云われた。

私はその当時、どうかすると女の子の様に何でもない事が可笑しくなって、止まりがつかなかった事を覚えているが、その時も足立博士の云われた事が、急にこみ上げる程可笑しくなって、呼吸が止まりそうであった。

それからずっと後、二十年もたってから、比叡山にケーブルカーが出来た後にもう一度登った事がある。根本中堂であったか、どこであったかよく覚えないが、廻廊の勾欄にも扉にも、青苔が一面についているのを見て、不意に足立博士のその時の話を思い出す様な気がした。

一週間の会期が終わって、広間で茶話会があって、解散した。まだ子供だったので、茶話会なんかちっとも面白いと思わなかった。又同室の二人とも袂別《べいべつ》したが、別にその後思い出す様な機縁がなかった。偶然顔を会わして、七日の間同じ部屋に起臥し、一緒に御飯をたべたけれど、別かれて見ても後に何の心残りもなかった。

山を降りる時は坂本口に出たところが、登りの半分もなかった様に思われた。

それから三条の宿屋に帰って来て、考えたが、折角ここ迄来たのだから、ついでにお伊勢詣りもして来たい。初めての一人旅だと云うので、家の人は随分心配したらしいけれど、一週間も知らぬ人と暮らした後で考えて見れば、そんな事は何でもない事である。それで私の独断で、京都から伊勢に廻って、もう一度京都の宿屋へ帰って来る事にする。その間の旅費は十分あるが、予定外の旅程のために、京都の宿の払いを済まして、岡山へ帰るには足りない様である。それで私は家へ手紙を出して、思い立ったから初めてお伊勢詣りをして来るが、その旅費として後からの追加を三条の宿に送っておいてくれと頼んだ。

伊勢参宮をすまし、二見ヶ浦へも行って何日目かに京都に帰って見ると、もう家から為替が来ていたので安心した。

それでいよいよ帰る事にして、宿の払いもしたが、思ったより高くなかった。宿屋と云うものは、朝晩御馳走してくれて随分安いものだなと云う様な事も考えた。そんな事で安心し過ぎた所為《せい》もあると思うが、一つにはそう云う場合に、女中や番頭が書附をお盆に載せて来て、誠に行き届きませんで、とか何とか云っているのを聞き流して、後でゆっくりその書附を見た上でお金を払うと云う分別も落ちつきもなかったので、こちらから書附を請求して、それを持って来られた以上、すぐその場で、相手の面前で支払をすませなければ体裁がわるいとでも思ったのであろう。私はわくわくしながら、書附に記載してある金額を払った上に、なお宿屋では茶代と云うものを置くものだと云う事を聞いていたから、別に「これはお茶代」と云って、大体宿代の払と同額ぐらいのお金を、そのお盆の上に追加して乗せた。

そう云う経験がないので、その間じゅう私は自分の金を出し入れするのにすっかり上がってしまって、真赤になっていたのではないかと思う。

　こんなに沢山頂戴いたしまして、とか何とか云っている相手の挨拶を上の空に聞いて、私はますます興奮した。小倉袴に麦藁帽の書生が、そんな馬鹿な事をするので、向うでも不思議に思ったかも知れない。

　漸《ようや》く一人になったので、ほっとした。恐ろしく空虚な気持がし出した。あんなにお金をやらなければよかったとすぐに後悔した。おまけに帳場へ茶代をやり過ぎて、比叡山に登る前も今度帰って来てからもずっと私の世話をしてくれている女中に心附をやる事が出来なくなった。まだよく計算して見ないけれど、もうそれ以上お金を出せば、帰りの汽車賃があやしくなりそうな事は、胸算用でも大体解っていた。

　そうして一人で考え込んでいると、次第に不安がまして来た。果して帰りの汽車賃が足りるかどうかと考えかけたら、急にどきんとして顔色が変わりそうになった。蟇口《がまぐち》を開けて、お金の音がしない様に、そうっと指先で寄せ集めて見たら、端銭をすっかりはたいた上で、京都から岡山までの汽車賃が二銭足りなくなっていた。矢っ張りそうだったかと思って、急に泣き出しそうになった。

　汽車賃だけで二銭足りないのだから、三条から七条の停留場までの俥代はもとより、電車賃もなかったが、それは少し早くから出て、荷物をかついで歩いて行っても構わない。又汽車に乗ってから、当時は京都岡山間が七時間ぐらいかかった様に思うが、その間弁当は勿論、お茶を飲む事も出来ないけれど、それも我慢するとしても、そんな事よりも、二銭足りなければ第一汽車に乗る事が出来ない。どうしたものだろうと思いつめて、ふさぎ込んでいるところへ、女中がさっきの書附を請取にして、おみやげを添えて持って来た。宿泊料の外に、お茶代これこれ難有《ありがたく》頂戴すると云う様な事が麗麗しく書いてあった。

私はおどおどしながら、女中に向かって、「こまかい物がなくなったのだが、帳場へ行って、今のお茶代の中から」と云いかけると、第一それだけ云うにも舌がもつれる様で、自分でもわくわくしたぐらいだから、女中の方では、何か勘違いして聞いたと見えて、これがお茶代のお請取で御座いますと云って、その書附を私の目の前に押しつけた。一旦こうして請取を書かれた以上は、もうどうする事も出来ないと云う様な、大変きびしい様な感じが私にはして、ますます元気を失った。

「いや、そうではないので、一寸《ちょっと》二銭いる事があるのだが」と云うと、女中が、それでしたら、すぐ前に両替屋がありますさかい、一寸一走りして取り換えて来てやろうと云うので、いよいよまごついた。そんな事をすればますます足りなくなる。

「まあいいや、いいや」と云う様な事を云って、その場を胡麻化《ごまか》した。

お俥《くるま》を呼びましょうかと云うのを、一寸そこいらに寄る所があるからと云って、ことわった。お買物どすか、お土産やったら、すぐに買わせますがと云う様な事を云われて、賑やかに見送られながら宿の玄関を出た。番頭が何時の汽車でお立ちかと尋ねたから、今晩の九時五十分の下ノ関行で帰るつもりだと答えた。それじゃまだ早過ぎるではないかと云うのを、いや途中で用事があるからと云って、まだ西日の暑い往来に出た。

　重い荷物をかついで、電車線路の傍を伝いながら、泣き出しそうになった。こう云う時に城さんが宿に来てくれれば、窮状を訴えて、二銭でなくても、十銭でも二十銭でも貸して貰うのにと思った。城さんには伊勢に行った途中からも葉書を出して、何日には京都に帰るつもりだと知らせておいたのだが、何か差支えがあって、来てくれる事が出来なかったのであろう。矢っ張り祖母の云った通り、胴巻の十円は最後まで使わなければよかったと後悔した。大意抄を買うにしても、今こうして帰る途中で買う事にすれば、汽車賃に困る様な事もなくて済んだであろう。しかし今更それも仕方がない。それよりも、これから夜の九時過ぎまでの間に、どうしても二銭と云う金の工面をつけなければならない。晩飯は食わないでも我慢するが、二銭は必ずつくらなければ帰る事が出来ない。汗を拭き拭き、ふらふらと歩きながら、その事を考え詰めていると、三条の宿の番頭や女中がひどい悪者の様に思われ出した。特に女中が、それでは両替屋へ行ってやろうと云った一言は、恨み骨髄に徹する様な気がした。一生懸命に考え込んだ挙げ句、やっと一つの分別が浮かんだ。荷物の中に埃除《ほこりよ》けに穿《は》いた足袋の穿き古るしが幾つか這入《はい》っている。それを売ったら、二銭は取れるだろうと思いついた。それで少し勢いを得て、七条に行く間の途中に、どこかそう云う物を買いそうな店はないかと、家並みに気を配りながら歩いたが、到頭一軒もなかったので、がっかりして七条の京都駅に著《つ》いた。尤《もっと》も私がその時どう云う店を探して歩いたのか、それは判然しない。古著屋とか屑屋とか云うつもりであったかどうか、それもはっきりしない。又仮りに途中そんな店があったとしても、いよいよとなれば、その時分の私が古足袋を買ってくれと云って、這入って行かれたかどうかも疑わしい。結局その思いつきで安心し、力を得て七条まで辿りついたと云うに過ぎないであろう。

駅に著いてから、待合室の腰掛けにぐったりして、荷物を前に置いて屈み込んだ。もうどうしていいか解らない。何度も起《た》って汽車賃の掲示板を見に行ったが、こないだ来た時の記憶もあり、旅行案内でも調べた上なのだから、結局二銭足りない事に間違いはないのである。

いつの間にか暗くなって、その内に時間も過ぎ、そろそろ発車間近に迫って来た。一銭の不足をどうすればいいかに今まで迷っていたのだが、つまりどうにもならない事か解ったのであるから、その解決を延ばす事にきめて、兎《と》に角《かく》途中の姫路までの切符を買って汽車に乗ろうと決心した。そう云う風に旅程を途中で二つに分けると、運賃の逓減《ていげん》率《りつ》が中断せられるから、汽車賃が高くなり、従って二銭の不足が二銭ではすまなくなる事は承知していたが、どうせ岡山までは行かれないのだから、それも止むを得ない。又途中で降りるのは姫路でなくても、もっと先まで行かれない事はないけれど、淋しい田舎の駅に降りたのでは後の方法を講ずる事が出来ないだろうと考えたので、それで姫路を選んだのである。

九時五十分京都発の下りは京都仕立ての汽車なので、席はらくに取れた。窓際の座席に腰を下ろして、ほっとした。今の「桜」の三等車の様な構造で、二人ずつ並んでみんな同じ方向に向き、前の席の下に足が伸ばせる様になっていた。その上、前の席の下の所から斜面になった板を引き出して、その上に足を乗っけられる様になっていた点は、「桜」よりもよく出来ていた。だからその当時、そう云うのを三等軽便寝台と云っていた様に覚えている。

私はその上にくつろいで、兎に角姫路に著《つ》くまでは、もう心配するのはよそうと考えた。有り難い事に私の性分にはそう云うところがあるので、一たんそう思って途中を諦めると、随分困っている最中でも、割りに呑気な気持でいる事が出来る。後年自分で家を持つ様になってから、非常に困る事に何度も際会したが、そう云う時でも私は自分で途中に区切りをつけて、その間だけは案外平気でいられたのである。それを傍から見ると、どう云う風に思われたか知らないが、その為に私の本心を誤解されて、人から悪く云われた事もある。

不意に窓枠から手を入れて私の肩を突いた人があると思ったら、城さんが歩廊に起っていたので、私は突然希望を取り戻すと同時に、今まで諦めて落ちついていた気持が再び動揺し出した。城さんに五十銭貸して貰おう。そうすれば、それだけあれば途中で姫路に降りなくても、汽車の中で車掌にそう云って、岡山まで乗り越しが出来るのである。全くいいところに城さんは来てくれたと思って、うれしくて、わくわくした。

城さんは、多分この汽車だろうと思って、まだ早いつもりで三条の宿屋へ行って見たら、もうお立ちになったと云う話なので、それから一寸《ちょっと》どこかへ寄って、急いで駅に来たのだが、あぶないところだったと云った。

帰ったら、お祖母さんやお母さんによろしく云ってくれと云った。

そう云う話がすんで、それから五十銭貸して下さいと云う事を切り出そうとして中中うまく云えなかった。城さんはそんな事を知らないから、又何か外の事を話し出すので、ますます云いにくくなった。その内に呼吸がつまって、苦しくなる様な気持がし出した。

何と云おうかと思って、いらいらしているのに、城さんは比叡山の事なんか話している。その時、車掌の笛が鳴って、機関車の汽笛がそれに応じたので、もう駄目だと思うと同時に、ほっとして、何だか安心した様な気持がした。

すぐに汽車が辷《すべ》り出して、城さんが見えなくなってしまった。

やっと又落ちついて、車内を見廻すと、遅い弁当を食っている人が二三人ある。その手許《てもと》を見て、私は晩飯を食っていない事を思い出したので、急に腹が減って来た。宿屋に茶代をやり過ぎた為に、こんな情ない目に会うのかとつくづく考え込んだが、今でも私は汽車弁当が好きなのは、その時の事が頭の底にこびりついているのではないかと思う。

夜半の二時過ぎに姫路駅に降りた。夜通し発著する汽車があるので、東京などの様に駅を閉めないから、私は待合室で夜明けを待った。掏児《すり》が巡査に捕まるのを見たりしている内に、じきに外が明かるくなった。

姫路に降りてから、簡単に考えついたのは、鞄の中に持っている本を売る事である。それを何故京都で考えなかったかと思うけれど、その時まで、まだ自分の愛読した本を売るなどと云う事をした事がないので、いよいよ切迫つまる迄は、そう云う気持になれなかったのであろうと思う。

あんまり早くても可笑《おか》しいと思ったので、七時頃まで待って、駅の前通を真直ぐに行った道の右側にある古本屋に、樗牛全集の第七巻を売ったら、七十銭くれた。

それでやっと岡山まで帰って来たが、その日のうちに、お金を貰って、更めて岡山の本屋で新らしい樗牛全集の第七巻を買い戻した。そう云う気持が我儘息子のいけないところであると云う事は、その当時でも薄薄知ってはいたけれど、自分で制御する事は出来なかった。

他生の縁

五番は老夫婦に孫の様な女の子が一人と、その外に婚期を過ぎた無愛想な娘さんが、時時田舎から来て、暫らくの間その部屋に一緒にいる事もある。東京で洋服裁縫の実習所に通う事になったなどと云っているかと思うと、又いつの間にか姿を消してしまう。小さな女の子の顔がその娘さんによく似ているので、姉妹だろうと思うけれど、五番の奥さんは、そうではない、あれは親類の子ですと云うのである。奥さんは派手好きとか若作りとか云うよりも、少し常軌を逸しているのではないかと思う様な恰好をして、赤い物を平気で身につけた。著物《きもの》の柄などの事は余りよく解らない私が見ても吃驚する位である。人と話しをするのを聞いていると、声はまぎれもない婆声なのに、云っている事は丸で自分の歳を忘れたような、どうかすると、あどけない様な口調を弄したりする。だから大きな娘さんも、実は矢っ張り奥さんの子で出戻りなのかも知れないが、そんな大きな子供があっては自分が年寄りに見られるから、それで隠しているのだろうと私共は邪推した。そう思って見ると、娘さんが奥さんを人前で何と呼んでいるかと云う事がはっきりしなかった様である。おばさんと云う様な呼び掛けは一度も聞いた事がなかったし、又小さい女の子の云う「母ちゃん」をそのまま真似て「母ちゃんはどうしますか、母ちゃんも一緒に行きますか」などと云っている時はわざと小さな子供の言葉を借りている様に見せかけていると思われる節もあった。帳場の女中が私の部屋に来て、五番の奥さんはいくつ位に見えますか、先生には解りますまい。本当は先生のお母様にしてもいい位の年なのですよ、宿帳に生まれた年が書いてあるから、繰って見たのですわ。内所でその帳面を持って来ましょうかと云って、面白がった。五番と云う数は、職人のつかう符牒の「ホン、ロ、ツ、ソ、レ」のレに当たるので、私は五番の奥さんを「レ婆」と名づけて、英語の様にレバーと呼び、御主人は「レ爺」だからレジー、大きな娘さんは「レ姉」のレネーと云う事にした。

　レジーは夜学の先生で、後には昼間の私立稼ぎにも出かけた様である。何年も同じ下宿にいたけれど、人の顔を見ると、すっと向うへ行ってしまう様な風なので、一度も口を利いた事がない。何を教える先生か知らないが、いつも黙黙として、下宿の玄関で一日に何度も靴を脱いだり穿《は》いたりした。洗面所でレバーが氷枕に水を入れているので、だれか病気なのかと思ったところが、レジーが年中水枕をして寝るのだそうである。少し寒くなってからは、レジーはつい近所の銭湯へ行くにもインヴァネスを著《き》て襟巻をして、ちゃんと帽子をかぶって出掛けた。

レバーは非常なおしゃべりだが、レネーは平生はむっつりしていた。しかし強いところのある性分と見えて、いつか同宿の学生が小さな女の子に何とか云ったとか云うので、レネーが乗り出して来て、急に洗面所の傍でいきり立った。失礼なとか、侮辱してるわとか、それではすまないだろうとか大変な権幕になって、声を上ずらせ、そこいらを歩き廻って、相手の学生を沈黙させてしまった。

五番と私とがその下宿の古顔である。五番は二階で、私は下の十九番であった。下宿の建物は以前は市電従業員の合宿所だったそうである。その後を買い受けて、幅の広い階段を新らしく造り、中庭に樹を植えて、旅館下宿の看板を掲げてから間もない時、私がその裏の空地から歩いて来て、下宿の前に流れているどぶ川のどんどん橋を渡った。どこかに一時の宿りをもとめて、暫らくの間世間から遠ざかりたいと考えていた時なので、横側の板壁に貼りつけてあった空き間札がすぐ目について、そこの一室にもぐり込んでから、四五年の間憂鬱な夢を十九番の障子の陰で見つづけた。

その下宿は「一泊一円」の元祖ではないかも知れないが、一番早くから始めた中の一軒には違いない。色の褪せた一組や、どう考えて見ても一緒には想像出来ない様な、ちぐはぐの二人連れが、時によると昼間からやって来て部屋の障子を閉め切った。するときまってレバーが用ありげに部屋から出て来て、その前を行ったり来たりした。時によると、廊下の曲り角に身体をかくして、長い間立ち聞きしている事もある。五番さんは困ってしまう、あんな事をされると、商売の邪魔になりますと云って、帳場ではぶうぶう云いながら、止めて下さいとも云い出せなかったらしい。

女給風の女は概して無遠慮で、自分の部屋から出歩いて、廊下をぶらつき廻ったり、洗面所でお化粧したりした。そう云う時にレネーが擦れ違うか、又は洗面所で一緒になったりすると、さもさも苦苦しい顔をして、ぷいと向うへ行ってしまう。その様子から、レネーは何となく耶蘇《ヤソ》教ではないかと云う気がした。

中には来たと思うと、部屋の中に落ちつくか否かに、すぐ又帰って行くのである。それでも料金は最初に貰っておくのだから、帳場ではかまわない筈だけれど、お神さんや女中がその後姿を見送って、何となく片づかない顔をしている。

若い男が一人、二階の隅の部屋に泊まり込んで、二三日過ぎた朝、廊下でどたばたしていると思ったら、自殺を企てて重態に陥っていたので、病院にかつぎ出すところであった。

矢張り二階の二番の部屋に、受験に上京したと云う学生が泊まっていたけれど、一度も顔を見た事がなかった。夜中頃に階段を上がったり降りたりするあわただしい足音がしている様に思って、その儘また寝てしまったら、翌朝聞くと脚気の衝心で死んだのだそうである。今日国許から親が来るまで、まだあの部屋に寝かしてあると云った。下の廊下から中庭を隔てて見上げると、二番の部屋の閉め切った障子が、汚れたなりに妙に白らけた様に思われた。

二階の六番は二間続きの一番上等の部屋で、滅多に客が這入《はい》らなかった。そこへ声の高い二人連れの紳士が泊まり込んで、頻《しき》りに出這入りをし、方方に電話をかけた。晩には訪問客にも客膳を出させて、遅くまで酒を飲んでいると、お神さんや女中がいそいそと銚子の代りを持って階段を上がり下りした。

満洲から事業を起こす為に東京に出て来たと云うので、そう云う事の好きな下宿の主人は挨拶に出て、一緒に話し込んだ。一週間ばかりいる内に、話しも順調に進んだとかで、明日の晩は二階の二間を打ち抜いて、十五六人のお客をするのだと女中が話した。そう云う大勢のお客に本式の御膳を出す事はうちでは出来ないから、お料理の仕出しをする魚屋にさっきお神さんが誂えて来た。二ノ膳のつく御馳走ですわよと云った。

翌《あ》くる日のお午頃《ひる》、帳場の電話の前で大きな声がしていた。段段声が荒荒しくなって、しまいには喧嘩になった様子であった。わっ、わっと云う様な声がしたと思うと同時に、がたん、ぴしゃんと物の毀《こわ》れる音が聞こえた。電話をかけているのだと思ったが、帳場で主人と喧嘩をしたのか知らと不思議に思っていると、後で女中が来た折り、六番さんは怒って電話をこわしてしまったと云った。何故電話をこわしたかと聞くと、向うに出た話しの相手が不都合で怪《け》しからんから腹を立てたのだそうです。受話器を掛ける金の棒をたたき折って、紐を千切ってしまいましたと云った。それは困る、電話を毀してしまっては、こちらが迷惑するじゃないか、旦那はだまっているのかと云うと、旦那は困るには困るけれど、ああ云う気象の真直な人は、人を信用し過ぎるから、一寸《ちょっと》話しが間違うと、すぐにかっとする。あの権幕では向うの相手も考え直すに違いない、電話では埒《らち》が明かんから、行って話をつけて来ると云って出かけられたから、何とか纏《まと》まるだろう。それが駄目だとしても、今晩見えるお客様の中に、いくらも出資者はあるのだから、そんな相手はほっといてもよさそうなものだが、そこがああ云う方の気象なのだからねと云って、大変な肩の入れ方だそうである。

六番の二人連れの紳士は、それきり宿に帰って来なかったけれど、お料理の方は夕方になる前にみんな届けられて、平生使わない洗面所の前の八畳に、十五人分二ノ膳附きの御馳走が一ぱいに列べてあった。いつまで待っても六番さんが帰らないのみならず、不思議な事には案内してある筈のお客様が一人も来なかったそうである。それから二三日の間、私共は毎日お膳の上に載せきれない程御馳走を食わされた。頭つきの鯛の焼物を、私は古顔と云う為かも知らないが、二日続けて二匹も食った。六番さんの為に百五六十円踏まれたと云って、後で主人がこぼしていた。

お神さんの田舎から親類の娘が手伝いに来た。顔も手もからだつきも、大きくてごつごつしているけれども、素直なやさしい気性らしかった。それに骨身を惜しまず、一人で人のする事まで引き受けて働くので、だれにも好かれて、よしのさん、よしのさんと忽《たちま》ちみんなに親しまれた。

十六番にいた私立大学の学生は、学校に行っているのかどうだか知らないが、ぶらぶら出歩いたり、友達を引張って来たりするばかりで、勉強なんかしている様子はなかった。甘っぽい声をしているので、それが又自慢らしく、いつも部屋の中で歌を歌っていた。

よしのさんは多分その声に惚れたものだろうと思う。はたの者がからかう位十六番の用と云うと、真先に飛んで行くようになって、学生の方でも、また頻りによしのさんを呼び立てた。「いやじゃありませんか」と云う挨拶の流行った当時で、十六番が自慢の声を色色に揉んで電話をかけるのを聞いていると、相手が何か云うらしいのに対して、のべつ幕なしに、「いやじゃありませんか」ばかり云っている。電話は帳場にあるから、よしのさんは又そのいきな挨拶に聞き惚れているのだろうと思った。

よしのが私の部屋にお湯を持って来ても、「先生、雨が降り出しましたのよ、いやじゃありませんか」とか、「あら、郵便が来ていたのに忘れて来たわ、いやじゃありませんか、すみません、今持って来ますわ」などと云い出した。そうして廊下を大きな足音でどたばた走りながら、「いやじゃありませんか」と独り言を云っている。

「よしのさん」と帳場で呼ぶ声がすると、私の部屋から鉤の手になっている十六番の障子が、がたがたと開いて、よしのが廊下に出てから、「はあい」と返事をする声が、あわてた様に聞こえた。

お湯や炭を持って行ったまま、そこに膝を突いて暫らく話し込んで来るのが段段こうじて、後の障子を閉め切って、中に這入《はい》り込む様になった。十六番の試験勉強の時などは、先《ま》ず本人の学生の方で大騒ぎをして、勉強だ勉強だと云いふらすと、よしのさんは本気になって、大学生の勉強は大変なものだろうと案じているらしかった。夜は一人だけ遅くまで起きて、頭を冷やす水まで汲んで行ってやったそうである。そう云う事を、よしのは翌日になると私共の部屋に来ても、憚《はばか》るところなく話して行くものだから、いバーなどは洗面場で会っただれでもつかまえて、年寄りの焼餅の様な変な事を云うし、当人のよしのさんに向かっては、からかっているのだが、実はレバーの方が興奮しているらしいところもある。

「でも、よしのさんは、ほんとにお楽しみだわねえ」などと、取ってつけた様な事を云うと、

「あれ、奥様いやじゃありませんか」と云って、よしのさんは棒の様な腕をにゅっと出して、レバーを打つ真似をする。

「わっはは」とレバーが笑って「恥ずかしがらいでもいいわね、よしのさん、若いうちじゃものねえ」と云いすてて、思わせ振りな足取りで向うへ行ってしまう。

レネーはそう云う冗談一つ云わないのみならず、よしのに対して、この頃は目に見えてつんけんすると、よしの自身が話した。

「そりゃ、よしのさんがちらくらするからさ」と私が云った。

「ちらくらて何よ、先生わかんない事を云って、いやじゃありませんか」とよしのが云って、探る様な顔をした。まだ間違いはないらしいが、今に田舎から来たばかりの娘さんの身の上に、取り返しのつかぬ事が起こりそうで、傍から見ていると、はらはらした。

寒い晩遅く、十六番の学生が酔っ払って帰って来た。玄関で歌を歌って見たり、ひょろひょろした足取りで廊下を踏んだりしているけれど、それ程酔っていない事は、傍で

聞いているとよく解った。

よしのが附き添って部屋に入れると、そこで又さもさも酔っ払いらしい駄駄をこねていた。

「よっちゃん、おいよしのさんてば、己《おれ》は頭が痛いよう」

「今水を汲んで来て上げるわよ」

「よっちゃんに揉んで貰えば我慢するよ、痛い痛い、己はねえ、よっちゃん、頭が痛いよう」

それからよしのが行ったり来たりして、しまいに寝床を取って寝かした様子であった。

よしのが帳場の方に行って暫らくすると、又十六番で手をたたく音がした。

「何よ、なぜベルを押さないの」とよしのの云う声がした。

「苦しくて身体が動かせないのだよ、よっちゃんそこにいておくれよ」

暫らく静まっていたと思うと不意によしのの抑えた様な笑い声がした。

この話は十年近い昔の事だけれども、よしのはその二三年後に死んでしまったので、あんな頑丈な娘さんが、どうしてそんな事になったかと思う度に、ついその当時の事を思い出すのである。

よしのはそれから後は私共の部屋に来ても、十六番の事は一口も云わなくなった。間もなく十六番がどこかへ下宿を移って、それから暫らくするとよしのが田舎へ帰った。おなかが大きくなったのだと云う話であった。そのお産もうまく行かなかったとかで、大分痩せて東京に出て来て、それから下町へお嫁に行ったのだが、お産の際に前の時の事がさわって、難産で死んだのである。

下宿の営業も段段工合がわるくなって、まだ私のいる内から、農工銀行の抵当に這入《はい》っている建物の明け渡しを迫られて困ると云う話を聞いた。私も次第に苦しくなり、下宿料がたまるばかりで、しまいには玄関の出這入りにも帳場に気をおく様になったので、そこを這い出してから、もう何年にもなる。その後でいよいよ強制執行を受けて、家の人が立ち退いたすぐその晩に、近所の浮浪人が集まって来て、畳建具を一つ残さず何処かへ持って行ってしまったと云う話も聞いた。

十日許《ばか》り前の晩に、用事があって久し振りにその方角へ行ったから、一寸《ちょっと》どんなになっているか見て来たいと思って、その晩はどんどん橋の方から空地に向かって渡って行った。もとの下宿はそのままの所にあるけれど、全くの吹通しで、こっち側から広い家の部屋を通して、向うの人の家の燈りが見えた。外の薄明かりをがらんどうの家の中に包み込んで所所に目を遮る壁や天井も、暫らく佇んでいる内に、一色の灰色の曖昧な大きな塊の様に思われ出した。帰って来てからも、その荒れた家の有様を頻《しき》りに思い出す様な気がするので、それから思いついて、当時の思い出を綴っておく気になったのである。

濡れ衣

津田青楓氏が訪ねて来られたので、二階の書斎の、縁側に近いところに対座して、簷《のき》の下から空を見ながら話しをした。

下でことことと物音がして、妻が外に出た様であった。女の子をだっこして、津田さんに出すお菓子を買いに行ったのである。その女の子が、今女子大学校に行っているから、もう二十年近い昔の話である。

間もなく、妻が顔色を変えて帰って来た。表の通のお菓子屋の店に起《た》って、帯の間に挟んで来た十円のお札でお釣りを貰おうと思って、手を入れて見ると、無くなっていた。ほんの一寸《ちょっと》の間の事ではあり、通った道も、ここを突き当って、浅蜊《あさり》屋の前を右に抜けて、通に出たのだから、落としたとしても、まだ道端にある筈だと思う。そんなに人通りのある道ではないから、今もお菓子屋に行く間、誰にも会わなかった。だから勿論《もちろん》掏《す》られたのではない。落としたに違いない。落とすところを見ていて、誰かが拾ったのである。そうすると、どうも浅蜊屋が怪しい。通り過ぎるのを見澄まして、拾ってまた直ぐ家に這入《はい》ったかも知れない。行きがけに私がこの子を抱いて通るのを、じろじろ見ていました。お菓子屋で気がついたので、すぐ引き返して、今通った後を探し探し帰って来て、浅蜊屋の前は特に丹念に探しました。何度も引き返しては、その前の道を見て歩いているのに、内からなんにも一言もどうなさいましたとも云わないのが変です。ふだんから、目素性の悪い亭主だと思っていました。きっとあれの仕業に違いありません。

それは大変だ。自分は失礼して、その内また伺うから、兎《と》に角《かく》もう一度、あまり時間のたたぬ内に、通った路を調べて見たらどうです。自分も一緒に出て、探して見ましょうと云って、津田さんが座を起った。

今度は子供を家において、三人で両側の道端を見たり、垣根や溝の中まで覗いて、物物しく探して行った。ここで子供を抱きかえて、それからどうして、こうしてと妻は饒舌《しゃべ》りつづけた。突き当りを右に曲がって、浅蜊屋の前を通る時、思わず起ち止まって家の中を覗く様な事をした。腰板の高い硝子戸《ガラスど》の面が光って、それにところどころ紙が貼ってあったりして、中はよく見えなかった。表の通で津田さんと別かれて、帰りもまた未練らしく同じ道を探しながら家に帰った。

気をつけないからだ、と云う様な事は、二言三言云った様だけれども、大した家内喧嘩にもならなかった。浅蜊屋の事が、まさかそんな事もしないだろう、人を疑うのは軽率だと思えたり、満更やらない事もなさそうにも思えたりして、気がかりになった。何よりも、その十円しか家に金がなかったので、後の差し当りの始末をどうしようかと、途方に暮れているところへ、津田さんのところから女中が手紙を持って来て、お困りでしょうからと云う文言にそえて、五円紙幣が入れてあったので、ほっとして、親切を難有《ありがた》く思った。

森の外れにある遠い交番まで、届出に行った。落とした本人を連れて行った方がいいと思って、妻を同伴したら、巡査に向かって、又浅蜊屋の一件を確信がある如く云いたてるので、私はひやひやしながらも、又妻の云うところを補足する様な事も云って見たり、その云った事がすぐ後で気になったりした。士官学校の陸軍教授になった当時の事なので、お巡りさんも戸口調査の時に私の職業を知っているから、幾分顔を立ててくれた様なところもある。

「それは恐らく、奥さんの仰しゃる様な事かも知れません。いずれ後でよく調べて見ましょう。そうときまれば、容赦はしませんから」と云った。

夕方、みんな揃って晩飯を食いかけたところへ、玄関の硝子戸を、がらん、ぴしゃんと開ける音がして、「御免なさい」と云う荒荒しい声がした。「旦那はいますかい」とたたみ掛ける様に云った。

「あっ、浅蜊屋が」と云って、妻が真青な顔になった。

私も箸をおいて、その場で身構える様な気持になった。年寄り達は中腰になって、おろおろしている。

「旦那に少少話しがあるんだ」ともう玄関に腰をかけたらしい気配で、怒鳴った。

妻が出て、何か二言三言云うのを押さえる様に、「旦那を呼べ、旦那を」と云った。

私が出て行くと、浅蜊屋は握り拳で上り口の閾《しきい》を敲《たた》きながら、わめき立てた。

「まあ、もう少し静かに話してくれたまえ」と云っても、私のひょろひょろ声などには耳も貸さなかった。

だれが人の金を拾ったか。何の証拠でそう云う事を云うか。ここの奥さんが、自分の粗忽で金を落として、人に濡れ衣を著《き》せるとは、何と云う事だ。何度も何度も人の家の中を覗き込むような事をしやがって、己《おれ》がどうしたと云うんだ。己はな、この己はこっから先も曲がった事のきらいな男だ。巡査に云いつけたりしやがって、この女は、こら貴様はこの己が拾ったとお巡りに云ったな。いや、云わないとは云わせない。己はお巡りに調べられて、散散な恥を掻いたぞ。近所に顔向けが出来ないじゃないか。この女めが。

浅蜊屋が上に上がって来そうな勢いを示した。まあ、まあと云ってなだめたり反駁したりして、ごたごたしている内に、浅蜊屋は捨て台詞を残して帰って行った。

勢いの上ですっかり受身であるばかりでなく、云い分にも先方に理があって、反駁したと云っても、ただ言葉の上の無茶をとっちめるに過ぎない。「云う事があるなら、交番にそう云え」と云うのがこちらの唯一の抗弁なのだけれど、そんな事に浅蜊屋が服するわけがない事は、そう云っている自分にも解っていた。

その騒ぎの後で、みんなまた食卓に集まったけれど、お互にあまり口を利かなかった。月月の暮らしが立たない程、貧乏して困っている最中に金を落とし、その上に大変な災難がふりかかって来た事を、家内一同黙っていても感じ合った。

しかし私は、浅蜊屋が怒鳴り込んだ後で、矢っ張り浅蜊屋を一通りは疑ってもいいと云う確信に近いものを感じ出した。いくら考えて見ても、その晩の浅蜊屋の云い分や振舞は、単に腹を立てた者の挨拶ではないと云う気がし出した。

浅蜊屋に威圧されるわけはない、とはっきり考えようとした。

すぐその後から、しかし何の証拠があって、そんな事がきめられるかと、自分の考えた事を疑った。

またやって来られては堪らないので、それに子供も年寄りもあるし、今後が心配だから、その翌日また妻を交番にやって、その騒ぎを訴えておいた。お巡りさんは、今度やって来て、乱暴するようだったら、すぐにそう云って来れば、取り押えると云ったそうである。しかし交番までの道が遠いので、そうは行かない。それで、うっかり交番に云った事が、また後の面倒になりはしないかと、新らしい心配をした。

二三日後に、そのお巡りさんが来て、丁度私がいたものだから、玄関に出ると、どうも彼奴が怪しいです。しかし、これこれの期間に自分から申し出れば、罪にはならんからと、よく諭しておきましたと云った。

家に来る御用聞きから、浅蜊屋が非常に腹を立てて、一一交番に云いつけやがるから、その度に己に恥をかかす。今度往来で、お宅の旦那に会ったら、いきなり殴り倒して、どぶの中に突込んでしまうと云って居りますから、お気をおつけにならないと、あぶのう御ざんすよと注意されて、私はおびえ上がった。取組んで勝つ見込もないし、私はいつも薄鼠色のモーニングコートで、先方は天秤棒を持っている。

私が陸軍教授を拝命した当時は、まだ服装の八釜しい時分だったので、主任から、本校の文官教授は制服としてフロックコートを著る事になっているが、モーニングコートならば大目に見ると云い渡された。どう云う料簡であったか、黒地よりはいくらかハイカラにでもしたかったのかも知れない、私は薄鼠色のモーニングコートをこしらえて、春先から夏にかかる迄著て歩いた。あんまり工合が変なので、今度は、すっかり出来上がっている儘を、黒に染めさしたら裏や袖の中は勿論《もちろん》、ポケットの中まで真黒になった。その黒いモーニングコートを何年も、ぼろぼろになるまで著た。

浅蜊屋の一件は、薄鼠色の期間の、梅雨時分の事である。

レンコートは既に流行っていたけれども、私は買う事が出来なかった。雨の多かった年で、膝から上までずぶ濡れになり、モーニングコートの裾から、ぽたぽたと雫の垂れる日が幾日も続いた。オヴァシューズは全盛時代で、だれでも穿《は》いているけれど、私はそれも買えないから、雨の日は家を出かけると間もなく、底の破れた靴の中に水が浸み、ぬかるみの泥が這入《はい》って、学校に行きつく迄には、靴の中が泥袋の様になった。それが足の温もりで温まって来るのが、何とも云われない情ない気持であった。それでも、雨の降る日は傘をさしているから、道を曲がった時、まだ向うの見極めのつく迄は傘で顔を隠す事が出来る。私はそうして自分の行く道に浅蜊屋のいない事を確かめてから、傘の前を上げて歩いた。

天気の日には外に出るのが気が進まなかった。しかし、学校を休むことも出来ないので、何となく全身に力をこめる様な悲壮な気持で、往来に出た。

梅雨空が段段明かるくなって、薄日の射しかけた朝、私はいつもの通りの道筋を通って、大瀧の水音の聞こえる日白坂を、お寺の塀に沿って降りかけた。はっと思った途端に、足が立ち竦《すく》みそうになった。坂の下から荷をかついだ浅蜊屋が上がって来た。気がついた時に、まだ大分間があったので、私は気を取り直し、自分が坂上にいる有利な起《た》ち場を利用して、大跨にどしどし歩いた。自分から接近して行く気配を見せて、まともにぶつかり、相手の顔を睨み返して擦れ違った時は、呼吸も止まった思いがした。

後から落ちついて考えて見ると、その時浅蜊屋は別に変わった顔はしていなかった様である。のみならず、少し薄笑いをしていた様な気がするので、それを思い出すのがいやで堪らないから、この話は今まで誰にもしなかった。

大晦日

一

小生自ら任ずるわけではないが、何だか傍の者は、貧乏神の使徒のようにでも考えているらしい。うれしくもないけれど、また別に迷惑でもない。頃日《けいじつ》、某先生小生の文章を読んで、擦れ違いざまに、にやにやと笑った。

「読みましたよ。読みましたよ」

「そうですか」

「それについて、僕の批評があるんだ」

「どう云うのです」

「いや、今一寸《ちょっと》人を待たしてあるから、この次の機会に申し上げよう」

何を云うのだろうと思っていると、その次の機会に、某先生は小生を椅子に招じ、相面して坐った上で、煙草に火をつけた。

「読みましたよ」

「そうですか」

「それについて、僕の批評があるんだ」

「どう云うのです」

「つまりだ、いいですか、君は貧乏話を文章に書いて、お金を儲けている」

「へんな批評だな」

「全くだよ。怪《け》しからんじゃないか」

「怪しからんは突然だ」

「突然でもそうだ。貧乏が原因で、その結果金を儲ける。どうも変だよ」

「それじゃ、考えて見よう」

「どうです、適評でしょう。そのうち又意見を述べる」

と云って、煙草を吹かしながら、向うへ行ってしまった。

やり切れないのは、貧乏の半可通である。解りもしない事を、尤《もっと》もらしく考え込み、ひどいのになると、忠告を試ようとさえする。貧乏とは、一つの状態に過ぎない事を知らないのである。貧乏だって、人からお金を借りて来れば、そのお金のある状態は即ち金持である。但し、その金は、それよりもっと前に借りた別の相手に払わなければならない。貧乏だって、お金の儲かることもある。ただその儲けた金が、身につかない。どう云う風に分別しても、足りっこないのが、貧乏の本体である。即ち借りても儲けても、どちらにしても、結局おんなじ事で、忽《たちま》ちのうちに無くなってしまう。その無くなるまでの、ほんの僅かな間、お金が仮りにそこに在ると云う現象のために、益《ます》々《ます》苦しくなるのが貧乏である。貧乏の絶対境は、お金のない時であって、生中《なまなか》手に入ると、しみじみ貧乏が情なくなる。だから、文をひさいで、お金を儲ければ、却て貧乏が身に沁みるばかりである。某先生漫然と思索して、結果と原因がねじれているように考えたのは、妄《もう》もまた甚《はなは》だしい。

二

本誌の編輯先生、亦或《またあるい》は然るにや。小生に文を嘱し、課するに大晦日の題を以てす。貧乏神の使徒には、歳末やり繰りの秘話が、どっさりあるに違いないとの見当だろう。

抑《そもそ》も、大晦日と云う観念のもとは、誤解であって、そのために世間が無用な混雑をする、と小生は毎年考えるのである。誤解のために、お互い同士血眼になるのは、よくない。

腹の中に人間の魂や命が這入《はい》っていると思ったために、腹が黒いとか太いとか、腹がないから駄目だとか、いろいろ尤もらしい言葉が出来た。怒ることを腹が立つと云うけれども、腹の中のどの部分が立つのだか、または腹全体が、どう云う風に向くのだか、自ら按じて見ても、実感はないのである。腹の方では一向関知しないことなのに、誤解がもとで、言葉が出来てしまって、腹が、腹がと云っている内に、思いつめた侍が、ここを破れば命が抜け出して行って、乃《すなわ》ちその後の身体が死んでしまうと考えたに違いない。切腹と云う自殺の形式は、言葉の錯誤に始まっている。単なる言葉の濫用から、こんな大変な誤解を生み、古来幾千人の不幸な侍が、見当違いの所をかっちゃぐって、傷をつけたか知れない。

大晦日、大晦日と、あんまり云って貰いたくないのである。こう云う事は、なるべく、そっとして置いて、無暗に騒ぎ立てない方がよろしい。恐ろしく切迫つまった事のように、世人が考えたがるのは、迷信である。或は、為にする輩《やから》の手なのである。小生は滅多にその手に乗らないぞと考えている。借金を払うのは天地の常道であり、千古不磨の真理である。悠悠たるこの法則の前に、暗くなるまで提燈などをともして、大晦日大晦日と駆け廻る必要なんか、微塵《みじん》もない。大晦日の好きな連中に、突然月の大と小を入れ換えて見せたら、どうするか知ら。羅馬《ローマ》の古暦は一年十ヶ月であったのが、後に二ヶ月加わった為に、九月 September は七月と云う字であり、順繰りに押して行って十月のDecember が十二月となっている。明治になってからでも、太陰暦と太陽暦との移り目には、十二月なんか、すっ飛ばして、秋からいきなりお正月になった。大晦日連は面喰ったに違いない。月の大小を逆に繰る事にして、不意に十二月に三十一日がなくなったら、掛けは半分も集まらないのである。尤《もっと》もそうなれば、あわてて三十日か二十八日の晩、提燈をともして、走って来るかも知れない。一体、みそかと云う言葉は三十日であって、三十一日ではなさそうである。その方から云えば、三十一日になって、提燈をともしても、六菖十菊の譏《そし》りは免れない。

三

しかしながら大晦日の誤解は、こんな言葉の行き違いではない。もっと肝腎なところを、世人が勘違いしている。

その男は、料理屋の委任状に、自分の名刺を添えて出して、一礼した。名刺の肩書には、製氷の仲買販売をする様なことが書いてあったけれど、相対して坐って見ると、何だか生魚の臭いがするように思われた。

　窓外の寒雨を聞きながら、小生とその臭い男とは、お午前《ひる》から夕方の四時過ぎて、辺りが薄暗くなるまで、じっと顔を見合っていた。

「どうも弱りましたな」と時時その男が云った。そうして、思い出したように煙草の煙を吹かした。

「ここのところは、是非切りをつけて戴かないと、帳簿の整理が出来ませんので」

　小生が顔を見たので、その男は目を外らした。

「払わないと云ってるのではありませんよ」と小生が云った。

「さっきから云ってる通り、これは僕一個の負債ではないので、その時の会が解散してしまったから、僕の方で引き受けたような形になっているけれど、僕も困る」

「御事情は兎《と》も角《かく》として、どうしても都合して戴かなければ、手前の方で年が越せませせん」

　それから、また長い間、黙っていた。

　外の往来には、雨の中をびちゃびちゃ歩き廻る足音が絶えない。

「手前は長い間海軍におりまして、左様足かけ七年になりますか、どうも、こう云うことは不馴れなものですから」

暫らくしてから、そんなことを云い出して、一たん巻莨《まきたばこ》の袋をかくしに蔵ったから、もう帰るのかと思ったら、そうでもなかった。

「是非一つ御都合願いたいので、そうでないと、店に帰ることも出来ませんような始末で」

「どうしても今日でなければ、いけないのですか」

「何分、大晦日のことですから」

「来年になってからでは、いけませんか」

「どうかそんな事を仰有《おっしゃ》らずに、実はこの八十幾円の附けに対して、今日五十円だけ戴ければ、後の分は、私の一存でお引きしてもいいと云う委任を受けておりますので、せめて五十円だけ、それで全部に致しますから、どうか是非御都合を願いたいものです」

小生のところに五十円などと云う金はなかった。掻き集めても、十円あるかないかだろう。もう少しはあったのだけれど、方方の掛取りが、早い者勝ちで持って行ってしまった。後はもう謝るだけのことである。

平生《へいぜい》は慇懃《いんぎん》丁寧な御用聞達に魔がさして、小さな鞄を頸に掛け、目の色を変えて殺到して来る。二三年前までは、大晦日の払いに充てるために、無理な借金までしたけれども、その金を、掛取り達がみんな持って行ってしまい、その後で、つらつら考えて見るに、事はそれを以て終ったのではなくて、その持って行った金を、また外の奴が取り立てて行き、その取り立てた金を、また別の借金取りが持って行くのである。小生が掛取りに払うために借金して来た如く、掛取りはその取引先に、又は問屋に払うために、目の色を変えて、催促に来る。その血眼の視線を、逆の方向に向けて見ることに諸君は気づかない。数年前、電車のこんだ頃、毎朝本郷三丁目の交叉点を、満員電車が擦れ違った。小生は呆《あき》れてその光景を眺めながら、考えた。巣鴨に勤めのある人は巣鴨に住み、神田に用事のある人は神田に引越したら、電車はがら空きになる。無理に逆の方面に居を構えて、毎朝無用の混雑を繰返すには及ばない。大晦日の掛取りも、人のところへ金を取りに来るよりは、自分の所へ取りに来る者をことわった方が簡単である。順順にそれを行えば、大晦日は静かに暮れるに違いない。

「せいぜい、かき集めて見ても十円位のものでしょう。それでも提供しましょうか」

と小生が云ったら、魚の臭いのする男は、急に鼻水の垂れそうな顔になって、

「ああ、弱りましたなあ」と云った。

きっと納まらない相手が、この男の後に控えているのだろう。こっちに来るより、そっちへ行けばいいものを、この男も亦《また》、大晦日を迷信して、方角を取り違えている。

お正月になってから、汚い背広を著た男が訪ねて来て、例の氷の仲買人を、横領の嫌疑で留置している。それについて、参考までに伺いたいことがあると云って、某署勤務の肩書のある刑事の名刺を差出した。

歳末無題

歳の暮の近い或る日、私の留守中に、銘銘太いステッキを持った壮士風の男が二三人、どやどやと這入《はい》って来て、是非御主人に会うと云ったと云う話を聞いて、初めは見当がつかなかった。兎《と》に角《かく》、何かまた困った事が起こったには違いないが、お金の催促にそんな連中が来るわけもないので、心当りがなかった。

家の者が年寄りや女子供ばかりだから、先に相手の風態や言葉遣いに気を呑まれてしまって、何を云いに来たのか、後で私が問い質しても、要領を得なかった。

二三日すると、又私のいない時にその連中がやって来て、こう留守ばかりでは埒《らち》が明かない。御主人が我我を避けて会わずに済ませようとするのではないか、いつまでも待ってはいられないから、我我の方でお勤め先の学校をお訪ねしようかと思うが、それで差し支えないか、それとも御本人が我我のところへ出向いて来るか、何分の返事をよこして貰いたいと云って、名宛の名刺を置いて行ったと云うのである。

その名刺を見て、私は心配になって来た。時時、新聞で名前を見る暴力団の本部なのである。先方が私に会おうとしている用件の心当りはないけれども、煎じ詰めれば金の事に結著するだけは間違いないであろう。ところが私はその数年前、悪質の借金を背負いきれなくなって、一旦学校の教師も止めてしまった挙げ句に、いくらかの整理をつけて、やっとまた学校に復帰したばかりの当時で、その時の月給は以前の半分にも足らず、おまけにその僅かな月額さえも、再度の差し押えを受けて、その又何分の一位しか私の手には這入《はい》らなかったのだから、その何何社と云う暴力団の方が、何か勘違いして、私をつけ廻しているに違いないとは思ったが、金はないから勝手にしろと云う様な顔もしていられない。何しろ相手は無頼の徒の結社であり、こちらには学校教師と云う身分の上の弱身がある。

その相手の用向きは解らないが、その前にも、ずっと以前の旧い債権者から、思い出した様な催促が二三来ている。一体、年末になると、そう云う側の人人は、昔の貸金帳でも引っ張り出して、古い所から調べ出すのか、或《あるい》は年末と云う声が刺戟になって、不意に平生忘れている事を思い出すのか、どうだか知らないが、催促をするには最も時機が悪いのではないかと、私はいつも考えるのである。そうでなくても、何かとお金の足りない歳の暮に、今では最早取引のなくなっている昔の不義理までも、一どきに片づけろと云うのは、云う方の無理であって、その位なら、何故外の何でもない時に催促をしてくれなかったかと思う。

取り立てようとする側にも、年末は年末であるから、矢張りその際掻き集められる丈は集めた方が便利には違いないが、恐らくそれは私だけの事でなく、何人を相手にしても、取り立てる側の予期通りには行かないに違いないと思われる。時期が悪いのを逆に、今がその絶好の機会であると勘違いして、それが思う様に行かない不満や心配や焦燥が、貸した側にも借りている側にも鬱積するから、段段世間にいやな気持がひろまって、歳の暮と云う特別ないらいらした空気が出来るのであろうと思われる。

何何社の用向きはまだ知らないけれど、今頃になって人をつけ廻すところから考えても、結局はお金の事に落ちつくに違いないとすれば、矢っ張りそう云う世間一般のいらだっている時機を利用して、私を責め立てて見ようとしているのであろうと私は見当をつけた。

色色心配して見たが、先方の目的が解らないので、結局どうすればいいと云う纏《まとま》りのつけ様がない。いつまでもそうして不安の儘でいるよりも、どんな事を切り出されたにしたところで、今の自分に人したお金の工面は出来やしないのだから、寧《むし》ろ恐れるところはない筈である。構う事はないから、その何何社に単身出かけて行って、用件を聞き質して来た方が簡単だと考えたから、来る何日そちらへお伺いすると云う葉書を出した。その日になって、学校の帰りがけに、平生あまり行った事のない方面の乗換場をいくつも通ってから、やっと目的の停留場に降りた。

暫らくそこいらを探して歩いたけれど、中中見つからないので、近所の人に尋ねたら、すぐに教えてくれたが、その拍子に顔を見られた様な気がした。

行って見ると、門から半町も先に玄関のある様な大きな家で、踏石の両側も綺麗に掃除が行き届いている。

玄関に起《た》って案内を乞うと、寒いのに障子を開けっ拡げた上り口の広い部屋の中から、袴をかけた若い男が一人出て来たが、まだその向うの薄暗い中に、同じ様な男が十人ばかりもいて、みんな別別の所で、机に向かっていた。何をしているのか解らないけれど、一つ部屋の中で、銘銘が勝手の方に向いているから、一目見て、非常に忙しそうな気がした。

出て来た男が膝をついて、

「はあ」と云った。肩の辺りで、鯱子張《しゃちこば》っている様子であった。

私が、名刺を持たないけれど、これこれの者であると云うと、その男は「暫らくお待ち下さい」と云って、二階に上がったらしい。

一人で玄関に起っている間、向うの部屋にいる連中は、一人もこちらを見なかった様である。

ところが、さっきの男が二階から降りて来ると、すぐ玄関に出ないで、一旦その大勢のいる部屋に這入《はい》って行った。そうして更めて出て来て、又丁寧に膝をついて、どうぞお通り下さいと云うから、私が外套を脱いで、上がりかけると、今度は向うの部屋にいるだけの男が、みんな顔を上げて、私の方をじろじろ見るので、驚いた。

今までは外套の襟を立てて、前をすっかり合わした儘そこに起っていたので、何人にも見えなかったが、外套を脱ぐと下はぼろぼろの詰襟の洋服である。私は自分の好みで数年前に詰襟服をあつらえて造らせたが、もう古くなって、方方が破れている。つぎを当てて繕ったところが又ほつれている。初めに向うの連中が私を見たのは、別の意味だったらしいが、私がその詰襟姿で式台の上に起ったら、今度はみんなけげんそうに私を見直した様に思われた。

「だから私などに目をつけても、駄目だよ」と云う得意な気持で私は階段を上がって行った。

途中に中二階の様なところがあって、そこにも若い男が五六人、ばらばらに坐って何かしていた。こんなに大勢の男が朝から晩まで何をしているのだろうかと不思議に思った。私の留守をおどかしに来た二三人もこの中にいるかも知れないけれど、勿論《もちろん》どの顔だかそれは解らない。或はその連中は外勤で、今日も何処かでステッキを振り廻す方の受持かも知れない。

も一つ階段を上がった所に請ぜられた。そこも随分広くて、上り口の部屋にも同じ様な男が五六人いたが、そのも一つ向うの、西日の一ぱい射している部屋に、外の連中よりは少し年輩の顔の長い男がいて、一人だけ離れたところで、立派な火鉢の前に端坐していた。私を案内して上がったさっきの男がその前に坐って、私を引合わした。

私が初対面の挨拶をすると、

「わざわざ御苦労でした」とえらそうな口を利いた。

しかし、どうも一番の大将ではなさそうな気がするので、お医者で云えば、代診と云うところではないかと私は推測した。

「先日中、度度お使を戴いたそうですが、いつも不在で失礼しました」

「いや、使と云うわけではない、あっはは」と大きな声で笑った。

「どう云う御用件だったのでしょうか、家の者が何も伺っておかなかったものですから」

「いや、それは御本人に話さなければ解らない。しかし、こうしてお見えになったからには、今日は、はっきりした話をつけて貰わないと困るが、先《ま》ず何よりも誠意だ」

「はあ」

「誠意を以って話して貰いたい。宜しいか」

「僕も自分で伺うくらいですから。勿論そのつもりです」

「それではお話しするが、しかし貴方は御本人だね」

「そうです」

「内田さんだね」

「そうです」

「それではお尋ねするが、貴方はもと下谷御徒町にいた砂田と云う男を御存じだろう」

「砂田重助さんですか、知って居ります」

「その砂田氏の事に就いて、そう云えばお解りだろうが、貴方にはまだ債務が残っている筈だ。それをこちらに払って戴きたい。尤《もっと》も古い債権の事であるから、我我の方でも相当な譲歩はするつもりだ。額面通りなどとは云わん。それが我我の側の誠意だ。そこでそちらでも十分な誠意を持って、この話に応じて貰いたい」

「はあ」と云ったぎり私が当惑したのは、一体砂田にいくらの借金が残っているのか、余り古い事なので、丸で私の記憶にないのである。砂田は大地震後のバラックの店で、当時はやり始めたラジオの部分品の商売をしながら、傍ら私などにお金を貸したけれど、本物の高利貸などから見ると、利子も安いし、条件も寛大で、第一砂田本人の人体《にんてい》からして、金貸しなどをするのは似合わない様なところがあった。何度も借りたり返したり、利子を運んだりしたが、そう云う時に、砂田はにこにこして、私の持って行った金を非常に有り難がり、いつでも、すまない、すまないと繰り返した。特に利子だけ持って行った時などは、こう云う物を頂戴しては本当に申しわけがないと云って、晩酌をやりかけた盃を措《お》いて出て来たらしい真赤な額を、手拭で無暗にこすったりした。

その内に私がすっかり駄目になったので、払い残りがあった事は確かだけれど、その金額は覚えていないし、又その後にも二三度挨拶はしておいた筈だから、今ここで突然その口の請求を受けるのは案外であった。私が失脚した後に、砂田も事業に失敗したらしく、おまけに日暮里の大火で自分の工場が全焼して以来、店もたたんで、どこかの二階に逼塞していると云う話を聞いた事もある。きっと砂田の方にも色色人から苦しめられる事があって、その挙げ句に、手許《てもと》にあった私の証書なども、この何何社などに巻き上げられる様な事になったのではないかと、私は想像した。

しかし、その金を今すぐ払えと云われてもどうする事も出来ないし、第一、相手が違うのだから、向うの説明を聞くまでは、うっかりした事を云ってはいけないと思ったの

で、

「そうですか、砂田さんのお話しだったのですか」と云って、向うの語気に構わず、私は砂田の消息を尋ねた。

「砂田さんは御壮健なのですか」

「はあ」

「そうですか、暫らくお目に掛からないのですが」

「砂田氏は今困っている。そこでこの話は、我我が仲に立って、砂田氏の為にも、又貴方の為にも計ろうと云うのであるから、誠意を以って応じて戴きたい。貴方も大学教授としてこう云う事は、御身分の上からも早く片づけておかんといかんでしょう」そう云ったかと思うと、相手の男は急に起《た》ち上がって、今私共のいる部屋から云うと、さっき上がって来た上り口を隔てて、反対の側になる向うの襖《ふすま》の中に這入《はい》って行った。

そうして暫らく待たした挙げ句に、今度出て来たら、不思議に穏やかな物腰になって、

「それでは、どうぞ、あちらへ」と云った。

矢っ張り代診だったのだなと思いながら、私がその後について行くと、そこの座敷は日陰になっているから、薄暗いので、すぐには様子が解らなかったが、十畳か十二畳か或はもっと広かったかも知れない、恐ろしく立派な床の間の前に、この家の主人らしい

男が厚い座布団の上に坐って、私を見下す様にそり返っていた。しかし、言葉は案外に丁寧で、私がそこいらに坐ろうとすると、「どうぞ、どうぞ」と云って、今案内して来た男に命じて、座布団をすすめさしたりした。

要するに、砂田から債権譲渡を受けたから、私にその金を払えと云うだけの用件であった。しかし、もし応じなければ、その儘にはすまさぬと云う気配を見せるところが、何何社の本領であるらしい。

「しかし私は只今旧債の整理をすると云う様な余裕がありませんので」と私が云うと、

「だが学校では相当の俸給を受けて居られるでしょう。我我も御無理は云わないつもりですから、相当な犠牲は払って戴かないと、御覧の通り、若い者も大勢いる手前、私の起《た》ち場がなくなる。どうです、十日ばかりの間に百円だけ御都合つきませんか。砂田氏の手もとにあった証書はこちらに来ていますが、額面は二百五十円でしたね。尤《もっと》も古い物でもあるしするから、その後の利子と云う様な事は云わないとして、今貴方の方で百円こしらえて下されば、その証書は御返ししましょう」

「考えさして戴いた上で、出来ればお払いしたいと思いますけれど、何しろ、俸給は差し押えを受けている様な始末ですから」と云ったら、相手は急に私の話に注意し出した様子で、いろいろ本職の高利貸の悪辣な事から、砂田の人物をほめる様な話になってしまって、その日は兎《と》に角《かく》、更《あらた》めて私が御返事に上がると云う事で、無事に帰って来た。

それから一二度会って交渉を重ねた結果、結局私が三十円だけ払う事になって話は纏《まと》まった。年の暮になると、何かしらそんな事が起こるので困る。

吸い殻

音羽通の尽きる江戸川橋の袂《たもと》にいつも辻待ちの車夫が四五人いた。大正十年よりもう少し前の話で私は目白台にいたのだが、今は早稲田にまで行っている市内電車の終点が江戸川橋であって、そこで降りて江戸川橋を渡る。すると蹴込みに腰を掛けている車夫が私の姿を見てすぐに起《た》ち上がり、梶棒を持って俥《くるま》を二三尺前に引っ張り出す。今日は歩いてもいいとぼんやり考えていた時でも、つい乗ってしまう。

最初は私の家まで十銭であったが、十二銭になり十五銭になり、十八銭に上がった時は二十銭ずつ払っていた。永年きまった場所から毎日の様に乗ったので、車夫の前を知らん顔をして通り過ぎる事が出来なくなった。

或る日片足を蹴込みに掛けて乗ろうとするはずみに手に持っていた巻莨《まきたばこ》の袋から中身がこぼれて足許《あしもと》に散らばった。その時分は敷島を吸っていたと思う。しかしいくらであったかは覚えていない。そのこぼれた煙草を私は拾う事をしなかった。俥に腰を掛けて車夫が拾うのを眺めている。そうして車夫にいいよと云ってみんなやってしまった。どう云う料簡であったか解らない。勿体ないと云う事は知っているのだが、その場の工合でそんな事をしてしまった。

何年か後に貧乏して場末の安宿に身をひそめ、日日の煙草にも事を欠く様になった。もう一本もなくなって、後を買う事が出来ない。灰皿にたまっている吸い殻を拾い出し、灰をふるって吸口までの僅かな飲み残しに火を点じた。一口や二口は吸い込む事が出来た。

払い残り

大分前の話だが、近所の自動車屋に借りが出来て困った。学校の先生をしていた当時の事で、私はその学校の学生航空の大将であって、航空研究会の学生を一人、それに教官をつけて伯林《ベルリン》倫敦《ロンドン》から羅馬《ローマ》まで飛ばせる計画をしていた。

準備や打合せや通過各国の大公使館へ許可を貰いに行ったりする用件等の為に、方方へ自動車を乗り廻した。又学生機の練習に立ち合うので立川の飛行場へ自動車で行ったり来たりした。

学校にその計画を実現させる為の後援会があって、そう云う聯絡《れんらく》の為の交通費は払ってくれる事になって居り、又長い間ずっと払って貰ったのだが、仕舞い頃になってそれがうまく行かない様になった。丁度学校の財政も左前になりかかっていた時で、学校が学生訪欧飛行後援会の尻ぬぐいをするのも困難な事情であった。

私の乗り廻した自動車の行き先が右に云った様な表向きの所ばかりなら、私は気からくだが、そうではない。その途中とか帰りとかに私の都合でどこかへ廻らせたり待たせたり、又表向きの所へ行くとしても学校の玄関から自動車に乗るとは限らない。私の家へ自動車を呼んで私の家から出掛ける事もある。乗りつけの自動車のガレージが私の家の近所にあったから、向うでは私の名前で出車し、お金を払う時は学校から貰って来たお金を私の手から払った。

それが段段に払いにくくなって、溜まって困った事になった。公と云う程の事でもないが、兎《と》に角《かく》公の用事だけの料金がとどこおっているのではなく、その中には、学校で払って貰えないなら私が負担しなければならぬと云う部分もある。しかしその区分は出来る事ではない。又私にお金の力もない。済まぬ事だと思いながら、その儘延び延びになっていた。時時自動車屋から催促を受けたけれど、近所で懇意になっていたので、そう八釜しくも云わなかった。

その内に歳の暮になった。押し詰まった或る晩、まだ宵の口であったが、突然玄関口に隕石が落ちた様な騒ぎが起こった。家の中で飛び上がる程びっくりしていると、玄関の硝子戸《ガラスど》をがらがらぴしゃんと開けて、だれか這入《はい》って来た。開ける前に、先《ま》ず硝子戸に一撃を加えて威武を示したのであった。顔に凄味のある男が土間に起《た》っていたが、用件を聞いて、まあお上がりなさいと云うか云わないかに、もう座敷へ通って、どっかと坐った。

その自動車屋へ出資している大きな味噌問屋が隣り町にあって、そこへ出入りする壮士とか用心棒とか云う類の男であった。君は実に怪《け》しからん。自動車を勝手に乗り廻した挙げ句に、その料金を溜めて恬然《てんぜん》としている。こんな不都合な話があったものではない。こうして自分が来た以上は、自分の顔に掛けても綺麗に払って貰わなければ承知しない。

私は縷縷《るる》陳弁して、それが出来ないのだと云う事を述べ、困るのはそれ計りでない話をしていたら途中から急に調子が変って、成る程それはお困りでしょう、自動車代の方は私からよく話しておくと、それでは別途のお入り用を私が何とかして心配して差し上げましょうと云い出した。

勿論《もちろん》利子はつくけれど、高利貸などの様にひどいものではない。保証人なしで私に二百円貸してくれた。全くの親切からしてくれたと云う事は、それは私にはよく解るので、なぜと云うに色色ひどい目に会っているから、そう云う親切を見失う事はない。

月賦で返済して、後にまだ五円残った儘で戦争になった。空襲が始まってから、四谷駅の前で偶然会ったが元気な様子なので安心した。向うも私の無事なのをよろこんでくれた。五円はまだその儘だが、私の気持では、もうこの五円は返したくない。

年頭の債鬼

大地震の年のお正月であったか、その翌年のお正月の事か、記憶が曖昧になったが、当時の家は広かったので書斎は下に置き、二階の十二畳を私の居間にしていた。以前は支那の留学生の寄宿舎であったとか云う話で、引越して来た初めは南京虫の心配をしたけれど、到頭出て来なかった。雑司《ぞうし》ヶ谷《や》の森に近い町外れであったから、木枯しの吹く夜は辺りがごうごうと鳴り、その響きにつれて私の坐っている畳の下がゆらゆらと揺れた。

十二畳の座敷に机も本箱も置いてないだだっ広い畳が波の様に起伏している。大地震の前か後かを忘れたと云うのは、もとから柱が傾いていて、障子の立て附けに一寸余りも隙間があった。家全体がそう云う風であったから、大地震の最初の一揺れで、屋根の瓦をみんな振るい落としてしまった為、建物が軽くなって無事であった。だから私の居間も地震の為に特別に傾いたと云う事はない。

まだ官立学校の教官をしていた時であるけれども、お正月の休みで家にいたのであろうと思う。朝早く二人の債権者の来訪を受けた。二人は一組の金貸しであって、別別の用件で来たわけではない。一人の方の名宛になっている証書の期限が過ぎてまだ払えないと、相当の条件をつけて、も一人の方が引受けてくれると云う仕組になっている。その時も私の不始末でいつ迄も埒《らち》のあかなかった旧債が、そう云う計らいによって、金額は増したが、日附の新らしい証書に生まれ変わった。

向うの持って来てくれた印紙を貼り、名前を書いて判を捺す。それで用件はすんで、この為にまた一層深みへ落ち込んだと思えば腹の底に冷たい物が流れる気持もするけれど、それは愚痴である。貸し借りの書類が出来上がった後の一服には格別の味わいがない事もない。金貸しはもともと敵ではなし、又大分古くからのお附き合いでもあるから、向かい合っていれば話しがはずむ。お正月の挨拶はさっき済ました。今度はお雑煮の話しになって、私が自分の家の嘉例では三ヶ日の元旦が味噌汁、二日は汁粉、三日におすましの雑煮を祝うと云った。

相手の一人が膝を乗り出して、私の家の嘉例はまた変わっている。三ヶ日とも餅を入れない。お団子のお雑煮ですと云った。

当時の妻は今その話をした高利貸と同じ田舎の出であって、生家ではお正月に餅を祝わないという話を私も聞いていた。浅倉義景の一族が織田勢に追われて、中国の田舎にのがれ、やっと落ちついたのが大晦日の晩であったから正月の餅を搗くひまもなかった。その仕来たりが何百年続いて昔の浅倉の一族は今でもお団子の雑煮を祝うと云うのである。

それでは貴方は浅倉の一族ではないかと私が云うと、相手はけげんそうに何故御存じかと聞き返した。家内の里のお雑煮が今お話しの通りだと話している内に、相手の高利貸が私の姻戚と先祖は同族である事が判明した。もう一人の方は胡散臭《うさんくさ》い顔をして聞いている。

お雑煮の話から不思議な縁故をたどる事になって、それから後その金貸しは特別に親切にしてくれた。親切にされた為に私の不如意が深酷になり、破滅も早く来たか、どうか、それは又別の話である。

迎春の辞

永年繰り返している経験から考えて見るに、一年中で一番お金に困るのは歳の暮ではなくて、お正月になってからの方が甚《はなは》だしい様に思われる。一寸《ちょっと》出かける足代に不自由し、仕舞には煙草代にも困る事があっても、世間はお正月で森閑としている。そう云う覚えのない連中が、新陽を浴びてすまし返った顔をして来るのも迷惑である。遣り繰りのつかない松の内は、窓の外の羽子板の音を聞きながら、歳改まって更に苛《きび》しからんとするわが世の不如意をかこつにふさわしく軒端が暗くて気分も重苦しい。

歳末の大騒ぎは、自他供に誇張し合って、それを又お互に薄薄承知の上で目の色を変えているのだから、近年は退屈に思い出した。御用聞きは急に真剣な顔になり、声を上ずらせて何かわめく様な事も云うらしいが、そう云う催促の仕方にも、矢張り新米よりは何年かの年期を入れて、大晦日の興奮を幾度も経験して来た者の方が真に迫る様である。本人はそう云うつもりではなく、何を云うにも一年一度の仕切り時だからと一通りは本気に考えているところは、お会式の太鼓叩きが常談に敲《たた》いているのでないのと同じ事である。

そう云う連中が暗い小路を提燈をともして右往左往するものだから、家の中に陰鬱な顔をして坐っている側が又段段に興奮して来て、細君を相手に事前に溯《さかのぼ》ってこう云う払い残りの出来た責任を論じ合ったりする。内外呼応して戸毎に大晦日の感激を醸成するに忙しい。どうしても足りないと云う見当をつけた手廻しのいい亭主は、予《あらかじ》めこれに備える借金をして来て、気前よく掛取りに払う。それを持って帰って、商人達はどうするのかと思うと、家にはもう問屋から借金取りが来て待っている。それから問屋がどうして、銀行の手形の口がどうなって、工場の方はどうすると云うところまでお金の行方を考えつめても何にもならないし、又考えようとしても、よくは解らない。ただ辺りが騒騒しくて、方方でお金の音がする様で、又他人のする事でも勘定と云う事は面倒臭く、そう云う事の為に行き来するらしい物物しげな足音が窓の外に絶えないのは迷惑である。掛取りと云うものは鬼でも蛇でもなくて、野次馬の一種であると云う事を私は既に観破している。

歳末の騒ぎにまぎれて、お金の貸し借りなどと云う事に関係もなさそうな君子が一廉の貧乏人顔をする。つながりもない挨拶の中に、どうもこの暮はやり切れませんよなどと云って來る人があるかも知れない。人の不如意を推諒して、私もあなたのお仲間ですと云ってくれるつもりなら難有《ありがた》迷惑である。俄作《にわかづく》りの貧乏顔ぐらい気障《きざ》なものはない。そうではない、それは借りられない為の予防線だよなどと立ち入ったらしい事を云うのは、もっと軽薄な第三者の邪推であって、事実そうであっても、こちらに一たび借りなければ済まぬと云う腹がきまれば、予防線などは邪魔ではなく手がかりとなる計りである。ただ暮の金策程無意味なものはない事を苦い経験で知ったから頼まないだけである。わけも解らずに歳末の興奮をしている相手から、何分暮の事ですからとか、余日もない今日とか、平生に何倍する文句を聴かされた揚句に、漸《ようや》く借りて来た大事なお金を、野次馬の掛取りが騒騒しく持ち帰り、身辺をすっかり清掃されてからお正月を迎える。門松の中で身動きも出来ないのはその所為《せい》である。お正月でも法事でも、祝儀不祝儀の感情の判然しない私などが、暦の移り変りに感動するのは、わざとらしい。静かに落ちついてお金の事は成り行きにまかせる。暮の内は掛取りがその成り行に甘んずればいいので、甘んじなくても私は知らない。その代り歳が更《あらた》まってから、人人のお目出度い幾日かの間、どんな顔をしていなければならぬかも、またその時の成り行きにまかせるつもりにきめて、これから十日許《ばか》りの間は成《な》る可《べ》く身辺の者が起《た》ち上がらぬ様に、静かに静かにと制しつつ新陽を待つつもりである。

大人片伝　続のんびりした話

一　鮭の一撃

　森田草平先生、齢《よわい》知命を越え給うてより、忽然《こつねん》として大人《たいじん》の風格を自識し来り、人の顔さえ見れば、無暗に小言を云いたがる。小生多年の知遇を辱《かたじけの》うするの故を以て、特に屢《しばしば》その害を蒙る。曰く君は金もない癖に贅沢です。そこへ奥さんが上がって来られて、お午《ひる》はどうなさいますか。大人昂然として曰く、なんにも要らない。でも、お惣菜の鮭しかありませんよ。結構、結構、さあ一しょに食べませんか。

　すなわち小生の困る事は、第一に、右の行きさつは、草平大人自ら躬行《きゅうこう》して、小生に小言を示しているのである。大人ひそかに思えらく、百鬼園の奴、金もない癖に贅沢だから、きっと御馳走を食いたがるだろう。その出鼻をくらわすに、鮭の一撃を以てし、彼の反省を促すに如《し》かずと。だから、うっかりその御招待を辞退すれば、おぞくも大人の思う壺に嵌《は》まり、そら、そら、その通り、御馳走がなければ食わないでしょう。そう云う心掛けで、いつ迄貧乏したって僕は知らない。僕なんざ毎日鮭でお茶漬ばかり食っている、位の事を云いたくて、大人がその機を狙うに虎視眈眈《こしたんたん》たる事は小生にちゃんと解っているのである。

次に困る事は、大人いみじくも鮭を以て質実剛健の鑑《かがみ》を垂れ給うと雖《いえど》も、これは上部《うわべ》の戒めに過ぎずして、行糞走尿、脂肉を常啖とし給うのである。草平先生、今日に於て大人の風格に欠くるところはなけれども、何かと言えば蒲焼、天婦羅の類《たぐい》を召し上がるのは、如何《いかが》なるものかと思うのである。痩軀鶴の如き大人にこの俗尚あり。嘆ず可《べ》きかな。その他、こんな姿の悪いお刺身は食えやしない、婆鶏《ばばあどり》のとりわさは閉口だ、すき焼のわりしたは三河屋で買って来い、三河屋が閉店したなら、開店するまで、食わずに待っていると云う程、食べ物に八釜しい大人なのである。右の行きさつに於ても、若《も》しその場に小生微《なかりせ》ば、大人婉然として奥さんに向い、鮭ばかりかい、仕様がないな、カツレツでもそう云ってくれないか、とか又はそうでない別趣のおねだりを致されるか、致されぬか、そこのところは、よく解らないのである。此の如き微妙なる関係に於て、小生大人の戒飭的《かいちょくてき》招待に遭う。うっかり謝《ことわ》る事は、四囲の情勢これを許さないのである。

最後に小生の困るのは、ちっとも腹がへっていないのである。なんにも食いたくないから、従って鮭も食いたくないのである。しかしこの場合、鮭に失礼があってはならぬ。

「僕はまだ御飯は食べたくないんですけれど」と云って、大人の気色を窺った。大人は憮然として、何か他の事を考えている。

「お蕎麦《そば》の盛りを食べさして下さいませんか」

と今度は奥さんに云った。

「お蕎麦だけでよろしいんですか」

「丁度そのくらいのお腹《なか》加減なのです」

この時、草平大人豁然《かつぜん》として己に返り、

「何、何、蕎麦だって、よかろう。では一寸失礼《ちょっと》」と云って、いきなり起《た》ち上がり、とんとんとんと梯子段を下りて、茶の間の方に足音が消えた。あら、あらと思う間もなく、この難局を免れ、事によると、上来述べ来りしところの思索は、或《あるい》は小生の心の迷いであったかも知れぬと悟りつつ、蕎麦の来るのを待ったのである。

二　百鬼園先生痩せる事

草平大人、相対《あいたい》にて、人を悪し様に罵《ののし》りて詈《ののし》り足らず、小生、大人と共に勤務するところの鳳生大学教員室に於ては、人前を憚《はばか》らず、と申さんよりは、人前なるが故に益《ますます》大声天《たいせい》に朝《ちょう》する如き勢を以て、小生の懶惰《らんだ》と貧乏とを責め給う。仕舞には、お小言に事を欠いて、

「いやだねえ」と大人はみんなの前で始めるのである。「いやだよ、僕は。僕は君、学校の月給だけでは足りないから、学校を休んで原稿を書く。この人はその金を僕から借りて、いつ来て見ても、ちゃんと学校に出てるんだよ。そうして原稿は決して書かない。僕が雑誌に約束してやっても、書かないんだ。あきれた人だよ。もう僕は知らない」

こう云うお小言が始まったら最後、次から次へと絶えざる事縷《いと》の如く、お立ち合いの諸先生達、多くは小生に気の毒がって、その場を外してしまう。小生とても、初のうちは、減らず口を叩いて立ち向うけれど、もともと先方に理のある云い分なのだから面白くない。終には、空しくその蹂躙するところに委せてしまうのである。それが度重なるにつれては、心労の余り、小生夜もおちおち眠られず、肉落ち、骨露《あらわ》れ、大人の風姿

を鶴に喩《たと》うれば、小生はその喉頸《のどくび》よりもなお細からんとする如くに、痩せ衰えて来るのである。

草平先生、これを以てなお慊《あきた》らず、遂に天下の公器に藉り、先月の中央公論誌上に、『のんびりした話』と題して、普《あまね》く天下に小生の貧困と不始末とを、さらけ散らかされた件は、読者諸賢の御存知の通りである。

三　「続のんびりした話」の謂《いわ》れ

鳳生大学で会議をしているところへ、中央公論社の松氏来訪せらる。階下の応接室に請じて、草平大人と小生とにて会う。

「自分の悪口を書くと云ってる原稿を、わざわざ仲介してやるなぞ、少し余計な事だね」と草平先生は思慮深く云った。しかし忽《たちま》ち大きな声で笑い出して、笑いっ放したまま、後を続けない。仕方がないから、小生が接穂《つぎほ》をする。

「野球の試合にだって裏があるんだから、今度は僕に云い分がある」

「案外、裏がリードしたりなんかすると妙ですね」と松氏が云った。

「そんな事は困るよ、しかし一体何を書くんです」と草平大人が小生に尋ねた。

「何を書くって、自分の書かれた事を後から弁解しても始まらないし、第一、一度雑誌や新聞で公表せられた事は、実相と違っているも、いないもありませんや」

「そうだよ。あれでいいんだよ」

「よくはないけれど、まあ貧乏話なんかは構わないとしても、僕が漱石先生のパナマ帽を貰ったと云うのは本当ですか」

「本当だろう」

「そうか知ら。しかし漱石先生の帽子が僕の頭に這入《はい》るわけがないと思うんだけれど」

「そりゃ君、洗濯屋で鉢をひろげさして被《かぶ》ったと、ちゃんと中央公論に書いてあるじゃないか」

「書いてあるのは、大人《あなた》が好い加減な事を書いて、それが雑誌に出たのを読んだら、今度は御自分の方でそうか知らと思ってるだけですよ。洗濯屋で大きくなるものなら、昔から僕は帽子の苦労しやしない」

「そりゃそうだ。帽子は中中、大きくならんからねえ」

「そこで僕は、草平大人の鼾《いびき》のひびきに就いて書こうと思う」

「草平先生の鼾ですか。面白いですね」と松氏が云った。

「そりゃいかんよ、鼾の事なんか書いちゃいけないよ」

と草平大人が案《つくえ》を敲《たた》いて、呼号した。そうして更に、

「鼾はやめて貰おう。鼾の話はやめましょう」と附け加えた。

「何故いけませんか」

「そんな事を書かれたら君、困るよ」

「僕は貧乏話を書かれて困っているんだから」

「貧乏話を書かれて、困るわけはないじゃないか。鼾はいけないよ。だれも女が惚れなくなる」

「貧乏貧乏と云われては、だれもお金を貸してくれる者がなくなります」

「お金を貸してくれる者が、なくなった方が、いいんだよ」

「女が惚れなくなった方がいいのですと申したいけれど、もうそんなお年でもありませんやね」

「そんな事はないよ。そうでもないよ」

草平大人、暫らく片附かない顔をして考えていたが、突然、

「そう云う風になると、僕の書いた小説が売れないんだよ。鼾の所為《せい》で読者が減るのは困るじゃないか」

四　屁は伝染す

屁癖《かんぺき》は伝染するものであると云う事を、小生は玆《ここ》に説こうと思うのであって、草平大人の屁の性質、強度、音幅等に関する叙述を試るのが目的ではない。談偶《たまたま》、大人に及ぶと雖《いえど》も、それは事の序《ついで》に過ぎないのである。

先年の大地震よりまだ前の事である。小生十円の金に困り、当時千葉県木下《きおろし》に卜居《ぼっきょ》して居られた大人の許《もと》まで拝借に出掛けた。いつも云われるので思い出すのだけれど、汽車は二等に乗って行った事は確かである。人に金を借りるのに、二等に乗って来るなぞ、怪《け》しからんと云うのが、大人の感想なのである。大人、今では事毎に、その様な戒《かい》飭的《ちょくてき》小言を云われるけれども、昔は矢っ張り、お金があったか無かったか知らないけれど、有っても無くても汽車は二等に乗られたらしい。小生の覚えている話の一つは、大人が何年ぶりかに帰郷して、さて東京に帰って来る汽車の中で、昔の二等車の座席は、窓に沿って横に長く伸びていた、二等に乗るのはいいけれど、横っ飛びに馳るのがいやな気持だなどと云う人もあったもので、その二等車の大人の席の隣りにいたのが、大人の極めて広汎なる意味に於ける恋人なのである。その美人は、当時既に大人の郷里の町家に嫁して、水水しき若夫人である。須臾《しゅゆ》にして大人便意を催し、上厠《じょうし》す。進行中の列車に厠《かわや》の設備が出来てから間もない当時の事であろう。流疏《りゅうそ》装置がうまく行かないので、大人甚《はなは》だ気がかりながら、どうにもならないから出て来たところが、大人の帰るのを待ちかねて、その美しい若夫人が、上厠す。大人汽車から飛び降りようかと思った事であろうと、小生今でも可笑《おか》しくて堪らない。

さて、小生二等の汽車に乗りて、千葉県木下の里に出掛けた。所要の十円を借りて、主人と共に酒を汲み、興尽きずして、舟を役し、利根川を渡って、対岸の料亭に置酒す。今この文を草しながら、不意に気になり出した事は、小生その時の十円を大人に返したような記憶が全然ない。返す事を忘れたかも知れないとすれば、また既に返した事を忘れた事も有り得る。小生の場合はそのどちらでも構わないけれど、当の大人この文を読んで、何かと想い起す事は迷惑である。雅俗ともに利根川の川波、流れて早き月日なり梟《けり》。

それから、また河を渡って、大人の僑居《きょうきょ》に帰り、二階の一室に大人と枕を並べて寝についたのは、既に夜明け近くである。小生は旅の労《つか》れと、お金の苦労と、酒の酔とで、横になるが早いか、忽《たちま》ち前後不覚、となる筈のところへ、おどろおどろ、君の鼾のとどろきて、筑波の松は枯れはてにけり、妙に引っかかる所のある物理的鼾声《かんせい》が小生を眠らせないのである。しかし小生は眠い。そうして大人の鼾声は、時とともに激烈に、且つ急速に、のみならず一定の間をおいて、ほら穴に泥水が吸いこまれるような、ぐわばッと云う音を発して破裂するのである。小生は、八釜しい丈でなく、変に気がかりな、一つすむと、すぐ次の破裂を待たなければならない様な気持がして、眠いのと反比例する如く心《しん》が澄んで来る。草平大人後になっても、この話をきらい、成《な》る可《べ》く聞きたがらない様子である。しかし大人自身、その鼾声を聴いた事はないに違いないから、それがどんな種類の鼾であるかと云う事は御存知ないのである。小生近年に及んで、屢《しばしば》他から、鼾が八釜しくて困ると云う苦情を聞かされる。小生の鼾は、この時、千葉県木下の里に於て、草平大人から感染したものに相違ない。何となれば、小生それまで、自分で自覚しないと云う事は証拠にならぬとしても、未《いま》だ嘗《かつ》て他から鼾についての苦情を受けた事もなく、また当夜の如き情勢に於て、小生終に昏睡した事は当然であるとして、その夢《む》寐《び》の間に、大人の鼾は、次等意識の支配下に在る小生の鼓膜並びに咽喉の内壁面に向かって、その荒荒しき音波を投げつけ、投げつけ、ついにこの悪癖を移したものに違いないのである。小生全然これを識らないけれども、一度眠って意識を失えば、忽ち鼾をかくらしいのは、その時受けた振動《ヴァイブレエション》が、次等意識の下に再生するのである。鶯の雛を親鳥につけて、鳴音を摸《なら》わせるのと同じ目に遭ったわけである。鼾をかく人と同室して眠る事の危険上述の如し、読者戒心せられよ。

五　自動車と鴨

草平大人、街頭に佇立《ちょりつ》して、頻《しき》りに自動車を選んでいる。綺麗な車がその前に停まっても、手を振って、「いらない」合図をしてしまう。どう云う車を待っているのか、見当がつかない。試にその標準を問うて見たところが、大人は、自動車を大体三つの種類に分かっているそうである。第一は、汽鑵車の様な部分の突端《とっぱし》に、尖のとがった針金のきらきらするのが立っているもの、第二はその部分に、鍍金《めっき》の人形或は犬がいるもの、第三は、なんにもなくて、河童《かっぱ》のお皿のようなものが乗っかっているもの。即ち草平大人の自動車の世界には、シュボレーもフォードもないのである。ただ右の三つの標準に従って、自動車を見分け、その時時の好みによって、あれに乗ったり、これを斥けたりする。

車の選択を終って、いよいよ乗り込む段になると、今度は料金の談判が始まる。五十銭でよさそうな所を四十銭に値切り、或は相手によっては三十銭に負けさせる。大人は得得たるものである。

「流しの自動車に云い値で乗ると云う法はない。この人なんかお金もない癖に大きな面をして」云云《うんぬん》と、すぐお引合に小生が訓辞を頂くのである。ところが、いよいよ目的地に著いて、三十銭払おうとすると、大人の蟇口《がまぐち》には、十銭白銅がなかったり、或はあっても、二つきりで、十銭足りなかったりする。三十銭に値切ったものを、更にもう十銭負けさして、二十銭ですませる事は困難である。お剰銭《つり》をくれと云っても、運転手の方では、こまかいのがありませんと云う。つまり大人の方で二十銭負けて、お剰銭はいらないと云う事になる。始めから五十銭で乗ったのと、少しも変らない。四十銭に値切って乗って、五十銭渡して降りるなんぞは、極く普通の事らしい。

ある時、草平大人、堺枯川氏の御見舞に行くつもりで、一羽の鴫をさげて、神楽坂から自動車に乗った。そこの相馬屋で買物をして、麴町三番町迄五十銭と云う契約である。車が馳り出すとすぐに、大人はあわてて停車を命じた。そこは相馬屋紙店の前なのである。草平先生車を降りて、買物をし、また車に乗って馳り出したところが、運転手がむっとしている。

「こんなお約束ではなかったでしょう」

「何、買物をしたのが、いけないと云うのかい。それは初めからの約束じゃないか」

「それは承知ですが、十分以上もただで待たされちゃ、我我商売は合いませんや」

「十分も待たすものか。せいぜい五分ぐらいのものだ」

「どう致しまして、十二分待ちましたよ。ちゃんとここに時計がついてるんだから、胡魔化そうとしたって、駄目です」

「胡魔化す、失敬な事を云うな。よしんば十分以上待ったにしろ、それが何だ。客商売がお客の用達する間待つのは当り前じゃないか」

「御冗談でしょう。十分以上待てば、それだけの割増をして頂かなければ困ります」

「いやだ。断じてやらない。誰がやるものか」

　草平大人、座席から乗り出して、運転手席の後の靠《もた》れに摑まり、口角泡を飛ばして、激論を戦わす。車が濠端に出て、麴町に入ってもまだ止めない。危く堺枯川氏のお宅を通り過ぎようとして、あわてて車を止めて降りた時には、何を、こん畜生、何が何だ。覚えてろ。馬鹿野郎と云う始末だったのである。明察の読者が心配して居られる通り、わが草平大人は、この昂奮と惑乱の為に鴨を、車中に置き忘れてしまったのである。

「降りてから、一歩あるくと、すぐに思い出したんだよ。あっと思って、後を見たら、その自動車の奴、鴨を乗せたまま向うの方へ、ずうっと行ってしまったよ。どうも僕は、大変な事をしましたねえ」と大人は述懐した。

六　講演の謝礼

鳳生大学の教員室では、お午《ひる》の十一時になると、給仕が先生達にお弁当の註文をきいて廻る。お弁当の種類は、構内にある富士見軒の洋食、ランチ、一品料理から、蕎麦《そば》、丼物、鮨、天婦羅、支那料理、鰻は八十銭から二十五銭まである。給仕に御馳走を書き列《なら》べた表を突きつけられて、さあ、どれにしようかと考える毎に、毎日毎日目に見えて、人間の根性が卑しくなり行くのを覚えるのである。今日は、あっさりした物にしようと思って、蕎麦をあつらえておくと、隣りの席にいる先生が鰻丼を食い始める。どうも好い匂がして、欲しくて堪らない。又今日は少し腹が減ってるからと思って、西洋料理を二品に御飯を食べかけると、向うの席にいる先生はトーストとミルクで涼しい顔をしている。どうもその方がよかった様な気がして、自分の食ってるものが、汚《けが》わしくなる。一皿食い終った頃から、そろそろ眠くなり、二皿目は意地で平げる。フォークを措いたら、瞼が上がらない様な重苦しい憂鬱に陥る。脂肪《あぶら》もよくないか知れないけれど、先《ま》ず何よりも食い過ぎの所為《せい》である。一体出先の午食《ひるめし》に御馳走を食おうとするのは、何と云う浅間しい心根だろう。明日からは握り飯を持って来る事にきめたいと思うのである。

そうして手弁当を一日二日続けると、また他人《ひと》の食っているものが欲しくなる。忽《たちま》ち握り飯を廃止して、暫らく振りに天丼を食う。初の二口三口は前後左右の物音も聞こえなくなる程うまい。しかし凡そ半分位も食い終ると、又いろいろ外《ほか》の事を考え出す。御飯が丼の底まで汁でぬれている。天丼と云うものは、犬か猫の食うものを間違えて、人間の前に持ち出したのだろう。ああ情ないものを食った。明日からは、もう何も食うまい。腹がへったら、水でも飲んでいようと考える。

そう云う教員室の午食時《ひるめしどき》に、草平大人は、脇目もふらず、お皿を鳴らしてライスカレーを食っている。何をあんなに、いらいらしているのだろうと思っていると、まだ大分残っているのに匙を投げ出して起《た》ち上がり、片手で口を拭き拭き、片手に大きな鞄を引《ひっ》提《さ》げて、大急ぎで教員室を出ようとするのである。

「どうしたんですか、そんなに急いで」と小生が尋ねた。

「あ、いや、今日はその、本郷で講演するんだ。あんまり出鱈目も云われないから、一寸《ちょっと》これから準備して置こうと思うんだ。もう時間がない。しかし僕はこれで、よく稼いでいますよ。日夜も分たず、原稿は書く、講演はする。尤《もっと》も講演はあんまり頼みに来ないけれど、又来られても困るけれど、しかし今日の講演で十五円や二十円はくれますよ。この方は学生の会だから、安くっても仕方がないが一昨日の晩などは、そうだこの話をしておこうと思ったんだ。一体毎日何をしているんです。早く原稿をお書きなさい。そんな事じゃ本当に駄目だ。僕を御覧なさい。一昨日の晩なんか、その直ぐ前になって、急に頼みに来たんだ。しかも徳田君にやって貰う事になっていたのを、急に徳田が謝《ことわ》ったからと云うので、僕のところに持ち込んだなんざ人を馬鹿にしている。第一、僕はその協会なんか、丸っきり知らないし、どんな話をしていいんだか解りゃしない。それよりも徳田の代理に引っ張り出されるのはいやだ、とは思ったけれど、いいですか、僕は節を屈してその講演を引き受けた。そうしてちゃんと一席弁じて来た。この方は少くとも三十円か、事によると五十円位のお礼はするかも知れない。僕はこんなにして稼いでいるんですよ。どうです。ところが」

丁度その時、傍を通りかかった同僚の一人をつかまえて、小生を指しながら、

「この人と来た日にゃ。僕は既にあきれている。こんな怠《なま》け者はいませんなあ」

「何のお話ですか、大分景気がいいらしいですね」と同僚が云った。

「景気は予想の景気なんだけれど、講演、あっと、ああもう時間がないんだ」

草平大人は倉皇《そうこう》として、鞄を提げて、教員室を出て行った。

後で小生、御訓戒も左《さ》る事ながら、何しろ羨ましい事だと考えて、気持が陰鬱になった。

　それから数日後のある朝、教員室で顔を合わせると、いきなり、大人は小生を衝立《ついたて》の陰に手招きした。大人何だか面白い顔をしている。第一、人を物陰に呼ぶと云う性質《たち》でないから、不思議である。

　大人はその衝立の陰で、物物しげに、話し出した。

「昨日の午後、例の協会からお礼に来ましたよ」

「そうですか、それはよかったですね」

「ところが、提げて来たんだよ」

「何を提げて来たんです」

「四角いものを提げて来たんだ。どうも変だと思って、後で開けて見たら、巻莨《まきたばこ》のセットが出て来た」

「それっきりですか」

「それっきり。しかし非常に感謝して帰って行った。何だか変な世の中になりましたねえ」

　草平大人、憮然として人の顔を眺めている。

　すると、それから二三日経った後、ある朝また草平大人が小生をつかまえた。

「何です」

「いや別に要事じゃないんだが、昨日また講演のお礼が来ましたよ」

「そうですか、今度は学生の会の方ですね」

「そうなんだ。だからこの方には余り多く期待しないけれど、それでも待ってたんだ。二階に通して見ると、いやその上がって来るところを見ると、また提げているじゃないか。どうも驚きましたねえ」

「今度は何を提げて来たのです」

「それがまた四角いんだ。僕は、その、何だか提げているのを見て、ぎょっとしたね」

「中は何です」

「中は巻莨《まきたばこ》のセットさ」

「またですか」

「一つは錫で、一つは真鍮なんだけれど、巻莨のセットは、もとから家にあるんだから、一つだって要りやしない」

どうも少し可笑《おか》しくって、慰める言葉もない。草平大人、急に大きな声で笑い出して、「全くぎょっとしたよ」と云いながら、向うへ行ってしまった。

七　借金問答

「百鬼園君《ひゃっけん》、おい百鬼園さん」

草平先生、突然向うの卓子《テーブル》から、大きな声で怒鳴りながら、そろそろ腰を上げて、こちらの机に近づいて来る。「百鬼園さん、早く無名会の金を返して下さい」

さあ始まったと小生首をすくめる。

「へいへい返しますけれど、どうして急に催促が始まったんですか」

「今まで考えていたんだけれど、どうも貴君《あんた》はすぐ返してくれないから、複雑になっていかん」

「複雑にしなくっても、僕が覚えているから大丈夫ですよ」

「僕だって覚えていますよ」と草平大人が用心深く云った。「一体いつ返してくれますか」

「貯金組合に頼んであるから、そっちから貸してくれる迄お待ちなさい」

「そら、そらそれが不可《いけな》いんだ。借りた金を返すのに、他《や》から借りて来て返す。そんな事をしてたら際限がない。僕がいつも云う通りだ。そりゃ止めなきゃいかん」

「今そっちを止めれば、僕はお金がなんにもないから、返せません」

「返さなきゃ困る。すぐ返してくれないから、無くなるんだ」

「すぐ返しては、費《つか》う暇がないじゃありませんか」

「借りた金を費おうとするから、いけないいんだよ。もう人に金を借りるのは、およしなさい」

「はいはい」話が、大人の主意から外れかけているらしいので、安心していると、また逆戻りした。

「兎《と》に角《かく》お金を返してくれなければ困る」

「返しますけれど、どうしてこんな話になったんですか」

「いくらだったけな」

「二十三円八十銭」

「そうそう、覚えてる覚えてる。ところでと、そりゃ君、講演会が二つとも巻莨《まきたばこ》のセットだからさ」

「おやおや、そのお尻が僕の方に来たのは恐縮する」

「それはそうだよ。何しろ提げて来られては、ぎょっとするからねえ」

「そのセットを売りましょうか」

「売らなくてもいいんだ。細君が三越だか、松屋だかへ持って行って、必要なものと引替えて貰おうか知らと云ってた」

「それじゃ奥さんに売却して、その代金を以て僕の債務を差引きにするのはどうです」

「駄目だよ。そう云う事をすると癖になる。いや、そんな馬鹿な話があるものか、絶対にいかん。さあ早く返して下さい」

「またもとへ戻ってしまった。弱ったなあ。もうこんな話はよしましょう」

「いや止めない。暑中休暇に書きかけてると云った原稿はどうしたんです。ちっとも仕事をしないじゃありませんか。いいの悪いのと云わないで、机の前に坐ってれば、書けるものですよ。それをやらないで、金を借りる工面ばかりしているとは、あきれた人もあったもんだと、僕はつくづく、あきれてしまう。僕を御覧なさい。僕を。僕なんざ、寸暇も惜しんで原稿は書くし、その間には講演もするし」

「森田先生お電話です」と給仕が云った。

八　空中滑走

小生馬齢を加えて既に不惑を越え、草平先生亦夙《つと》に知命に達し給う。どうせ燃料の切れた飛行機が、著陸姿勢を執っている様なもので、後に残された処置は、ただ空中滑走の一途しかない。著陸地が気に入らないからと云って、もう一度上りなおす事は出来ないのである。ただ養生するとか、摂生するとか、頼りにもならぬ事を頼りにして、空中滑走の距離を延ばそうとするに過ぎない。あんまり、そっちが利き過ぎて、空の滑走が長きに失し、飛行場外に接地して鼻血を出すなどは、大いに考えものである。まあ、いい加減な時に、適当な角度で、芽出度く著陸するに限る。故人松助の云い分ではないが、年の順に死んで堪るけえ。だから、それだから小生必ずしも著陸に際して、大人の後塵を拝するとは限らず。実はもう大概方方も眺め飽きて、そうそう何時迄も、宙ぶらりんの空中に、便便としていたくはないのだけれど、うっかりそんな事を云うと、人が金を貸してくれない。又心配する人が相当にある。小生は常にそれ等の人人から、自重加餐《じちょうかさん》を祈られているのである。わが大人が、その熱烈なる祈願者の一人なる事は、賢明なる読者の既に諒推《りょうすい》し給うところならん。さて、何れ《いずれ》が先に著陸するにせよ、小生は飛行場からの最短距離を通って極楽に行く事は確定しているのである。大人は乃ち《すなわち》如何《いかん》。そう、すらすらと極楽の門が通れそうもないけれど、地獄に落ちるとも考えられない。相当な期間の受験時代と、幾度かの審査やり直しとによって、結局は極楽でお目にかかれる事と信ずるのである。ただしかし、その場合に、例の通りのつけつけした調子で、小生の悪口、あの世で有った事無かった事を、大勢の他の精霊の前でやられては迷惑する。この癖だけは、極楽に行っても、止みそうもない。それが今から心配である。已《や》んぬる哉、何処かで大人を、おがんで貰う所はないか。

無恒債者無恒心

一

月の半ばを過ぎると、段段不愉快になる。下旬に這入《はい》れば、憂鬱それ自身である。「今日は幾日」と云う考えは、最も忌むべき穿鑿《せんさく》である。

無遠慮にして粗野なる同僚が、教員室で机の向うに起《た》ち上がり、

「百鬼園《ひゃっけん》さん、今日は何日ですか」ときいても、小生は答えない。返事をする前に、自分の頭の中で、その有害無益なる穿鑿の始まることを恐れて、急いで何かほかのことを考えるのである。

「ああ解りました、解りました」とその礼儀をわきまえない男が、自分の手帳を繰りながら始める。「今日は二十三日ですよ。百鬼園さん、二十三日です」

此の如くにして、その心なき友人は、小生のはかなき平和を破壊してしまうのである。

小生の勤務する鳳生大学の俸給日は、二十五日である。二三年前までは、その二十五日当日が、いい工合に日曜や祭日にあたる時には、俸給日を繰下げて二十六日に、休みが二日続けば二十七日に延ばし、或時などは、日曜や祭日が四日も五日も続いたわけでもないのに、俸給日を月末まで延ばしてくれて、特にその内の一回は、丁度運よく十二月だったので、大晦日の午後に月給を貰うような廻り合わせになって、どんなに助かったか知れない。月給が一日のびれば、一日だけその月を長閑《のどか》にし、二日のびれば、二日の春を恵んでくれる。十二月の月給が、大晦日に延びた時は、洋洋たる歳の瀬を眺め暮らして、その一年の回顧をのどかにした。あの厭うべき二十五日から大晦日までの六日間、お金を身につけずして、従って何人にも払うことなしに過ごすことが出来たのは、何と云う千載一遇の幸運であったろう。已《や》んぬる哉、目今《もっこん》学校当局のなすところ、甚だ厳酷にして、二十五日には必ず月給を支給し、嘗《かつ》て一日の猶予を与うることもなく、加之《しかのみならず》、二十五日が運よく日曜日にあたった月に、やれやれ、やっと一日だけ寿命がのびたと思っていると、卒然として一日を繰上げ、二十四日に支給してしまうのである。月給を貰う者の迷惑なぞ、当事者には解らぬのだから、止むを得ない。

「百鬼園さん、二十三日です」と云われて、小生は目の前が真っ暗になる様に思われた。

二十三日の次は二十四日である。今月の平和も、後一日にして尽きるのである。二十五日の当日となれば、実にいろいろの人が現われて来る。教員室の入口や、廊下の隅に待ち伏せして、一月振りの久闊《きゅうかつ》を小生に叙するのである。弁当屋、自動車屋、本屋、月賦の時計屋、洋服屋等その他筆述を憚《はばか》るのがある。人物は、亭主、番頭、おかみさん、小僧さん等種種雑多であるけれども、みんな小生の顔なじみである。今年のお正月の初夢に、雨が土砂降りに降っている往来を走っていたら、横町からびしょ濡れになって駈け出して来た洋服屋の月賦小僧を踏みつぶしてしまった。去年の暮に払ってやらなかったので、夢の中まで小生を追跡して来て、この災厄に遭ったものと思う。

諸氏を待たしておいて、月給の袋の中を探っても、それぞれに行き渡るほどあったためしがない。ひどい時には、五十銭銀貨がいくつかしか這入《はい》っていないこともある。それは無名会だの、貯金組合だのと云う学内の金融機関から、無暗《むやみ》に金を借りているのを引去られるからである。尤《もっと》も無名会の方は、自分の名義で借りられるだけ借りつくし、まだ足りないから同僚の名で借りて貰ったのだが段段かさんで来て、毎月の引去りに堪えなくなったから、頃日《けいじつ》その会の係りの同僚及び関係深き、というのは、つまり沢山借りている友人数氏に集まって貰って、ローザンヌ会議を開催し、月月の引去り額を或る限度に止めて貰う、その代り、その弁済の終るまでは、新らしい借款を起こさないということにしたから、無名会からは借りられない。先《ま》ず態のいい破産管財である。その後、人が無名会から手軽に借りているのを見ると、羨ましくて堪まらない。

　さて、諸氏を待たしておいて、袋の中が足りないとすれば、無名会はいけないから、貯金組合に頼むのである。按分比例のようなことをして、諸氏を退去せしめても、まだ後に、友人同僚に一寸一寸《ちょっと》で借りたのを返さなければならない。迚《とて》もやり切れない。一体、一たび借りた金を、後に至って返すという事は、可能なりや。小生は、本来不可能なる事を企てて、益もなき事に苦しんでいるのではないか。何年も前の事で、はっきりした記憶がないけれど、友人の出隆《いでたかし》君が、借金に関する古代ギリシャの哲学者の話をしてくれて、その学説のドイツ訳を写して貰った事がある。今そのノートをどこに蔵《しま》ったか思い出せないし、第一、その哲学者の名前も忘れてしまったけれど、うろ覚えに覚えている要旨は、人が金を借りる時の人格と、返す時の人格とは、人格が全然別である。同一人格にて金を借り、又金を返すという事は不可能というより、むしろあり得べからざる事なのである。人は元来あり得べからざる事のために労するとも益なし。

　小生は閑を得て、この思索を続けようと思う。

二

小生の収入は、月給と借金とによりて成立する。二者の内、月給は上述のごとく小生を苦しめ、借金は月給のために苦しめられている小生を救ってくれるのである。

学校が月給と云うものを出さなかったら、どんなに愉快に育英のことに従事することが出来るだろう。そうして、お金のいる時は、一切これを借金によって弁ずるとしたら、こんな愉快な生活はないのである。

しかるに小生は、近来借金も意に任せず、月給は月月、逃れる途なく受取らされる。その上に、なお今一つ小生を苦しめるものがある。それは原稿料である。

小生、今こうして週刊朝日の需《もと》めに応じ文を草す。脱稿すれば稿料を貰う。その金を手にした後のいろいろの気苦労、方方への差しさわり、内証にもして置けず、原稿料が這入ったらと云うので借りたのは返さねばならず、月給の足りなかった穴うめ、質屋の利子、その他筆録を憚るものあり、到底足りないのは、今からわかりきっているのである。原稿料を受取ると同時に、それ等の不足、不義理、或《あるい》はあて外れが、みんな一時に現実になって小生を苦しめる。小生は、此の如くにして文を行《や》り、行を追い、稿を重ねて、自らその不愉快に近づきつつあるのである。

森田草平大人、小生の貧困を憐み、懶惰《らんだ》を戒め、頻《しき》りに原稿を書け、書けと鞭撻《べんたつ》せられるので、去年の秋、数年積っていた硯の塵を吹いてから、今までに二三篇草したところが、その度に、お金を貰った後が大騒ぎなのである。原稿料と云う制度が存続するならば、小生はそろそろ文をひさぐことを止めようかと思う。

三

みんなが小生を貧乏扱いする。人中で貧乏の話が出れば、そろって小生の顔を見る。向う向きになっている男は、振り返って小生に目礼する。

その癖に怠け者だと云って、悪口を云う。贅沢だと云って非難する。大体云われる通りの様に思うから、小生自身としても、悪くは取らないけれど、ただ、云う事の順序、後先をかえて貰うと、「その癖」などと皮肉に聞こえる云い廻しもなくてすむのである。

抑《そもそ》も、貧乏とは何ぞやと小生は思索する。貧乏とは、お金の足りない状態である。単にそれ丈に過ぎない。何を人人は珍らしがるのだろう。世間の人を大別して、二種とする。第一種はお金の足りない人人である。第二種はお金の有り余っている人人である。

その外には決して何物も存在しない。第三種、過不足なき人人なんか云うものは、想像上にも存在し得ないのである。自分でそんな事を云いたがる連中は、すべて第一種に編入しておけばいいので、又実際に彼等は第一種の末流に過ぎないのである。

さて、人間を二種に分つ。第一種と第二種と世間にどちらが多いかは、考えて見るまでもない。第一種が人間の大部分であって、第二種は、その、ほんの一少部分に過ぎない。仮に第一種と第二種とを一しょに擦りつぶして平均して見たって、所謂《いわゆる》第三種が出来るわけのものではなくて、矢っ張りみんな第一種に平均せられるにきまっている。どうせ、そうなのである。又それで沢山なのである。お金が余れば、お金の値打がなくなり、足りなければ、有難くなり、もっと足りなければ借金するし、借金も出来なければ、性分によっては泥棒になる。泥棒が成功すれば、第二種に編入せられ、お金が余り過ぎて、値打がなくなると、沢山つかわなければ納得出来ないから、費い過ぎて足りなくなって、第一種に返る。あっても無くっても、おんなじ事であり、無ければ無くてすみ、又無い方が普通の状態であるから、従って穏やかである。多数をたのむ貧乏が、格別横暴にもならないのは、貧乏と云う状態の本質が平和なものだからなのである。

ところで、貧乏のどこが珍らしいのだろう。小生、貧乏と云われても、何の感興もなく、貧に処して天をうらみず。

四

百鬼園先生思えらく、恒債無ければ、恒心なからん。お金に窮して、他人に頭を下げ、越し難き閾《しきい》を跨《また》ぎ、いやな顔をする相手に枉《ま》げてもと頼み込んで、やっと所要の借金をする。或は所要の半分しか貸してくれなくても不足らしい顔をすれば、引込めるかも知れないから、大いに有り難く拝借し、全額に相当する感謝を致して、引下がる。何と云う心的鍛錬、何と云う天の与え給いし卓越せる道徳的伏線だろう。宜《むべ》なる哉《かな》、月月の出入りを細かく勘定し、余裕とてはなけれども、憚《はばか》り乍《なが》ら借金は致しませぬ事を自慢にしている手合に君子はいないのである。君子たらんとするもこの手合には、修養の機縁が恵まれていないのである。お金をもつという事は、その人間を卑小にし、排他的ならしめ、また独善的にする。厭うべきはお金である。お金があっては、道を修め、徳を養う事は出来ない。就中《なかんずく》やっと、どうにか間に合うと云う程度に、お金を所有する事が、最も恐ろしい。そう云うお金は、一番身に沁みて有り難いから、従って、お金の力が一倍強く、故に一層修養の妨げとなる。しかし、そう云うお金の力と云うものは、実は、真実の力ではないのである。人はよく、お金の有り難味と云う事を申すけれど、お金の有り難味の、その本来の妙諦《みょうてい》は借金したお金の中にのみ存するのである。汗水たらして儲けたお金と云うのも、ただそれだけでは、お金は粗《あら》である。自分が汗水たらして、儲からず、乃《すなわ》ち他人の汗水たらして儲けた金を借金する。その時、始めてお金の有難味に味到する。だから願わくは、同じ借金するにしても、お金持からでなく、仲間の貧乏人から拝借したいものである。なお慾を申せば、その貧乏仲間から借りて来た仲間から、更にその中を貸して貰うと云う所に即ち借金の極致は存するのである。

五

「いらっしゃい」と大人は妙な顔をしている。惘然たる裡《うち》に、警戒の色を蔵す。

「今日《こんち》は。どうも怒られそうだけれど」

「何です」

「お金を貸して下さいませんか」

「金はありませんよ」

「度度の事ですみませんが、大家が八釜しいもんですから」

「大家がどうしたんです」

「大家さんのとこで、明日みんな熱海へ行くから、今日中に家賃を貰いたいと云って来たのです」

「そんな勝手な事があるものか、ほっておきなさい」

「それがどうも勝手だとも云われないのです。先月末までに、もう八つか九つになっているのですから、本当なら少なくとも二月分は持って行かなければならないのですけれど、今なら、向うからそう云って来てる際ですからすぐに持って行って謝りを云えば、一つでもこらえてくれると思うのです」

「それを僕に出せというんですか、驚いたなあ、一体いくらです」

「二十五円」

「二十五円、あっそうだ、貴方はまだ先月末の無名会から引去られた二十五円を返していないではありませんか」

「そうなんです」

「だから僕は始めから、いやだと云ったんだ。あんな借金が最もいけない。無名会から僕の名義で百円借り出して、月月の月賦割戻しはちゃんと自分で払うからと云ったじゃありませんか。それっきり貴方はちっとも払いやしない。僕はもう何回月給から引かれたか知ら」

「僕が一度払って、二回怠ったのです。僕の方で、ちゃんと覚えているから、大丈夫です」

「僕だって覚えていますよ。しかし一体、人に金を借りるのに、その相手の将来の収入を借金するというのはいけませんよ。借りられた方は、後何ヶ月かの間自分の労力によって、自分の貸した金の始末をしなければならない。つまり相手から、その将来の労力の結果をあらかじめ借りて行くというのは、不徳義ですよ。もうあんな借り方はお止しなさい」

「はい止めます。しかしそんなつもりではなかったのです」

「借りるのだったら、ちゃんと相手の持ってるものを借りて行ったらいいじゃありませんか」

「ええそうしたいんですけれど、家賃を持って行かなければ、後になると、どうしても二月分でなければ、おさまらないだろうと思うのです」

「後で二月分やったらいいでしょう」

「そんなことをしたら、今月末に、また無名会のが払えなくなります。どうか今の一月分を貸して下さいませんか」

「弱ったなあ、しかし今そのお金を貸したら後で無名会のを払って貰っても、おんなじ事になるんじゃないかな。第一、後のを払うかどうだか、わかりゃしない」

「払いますよ。おんなじ事だなんて、意地のわるい思索をしないで、貸して下さい。おんなじ事だといえば、その逆の場合だって、おんなじ事なんだから」

「何故」といって、大人は思慮深く、考えている。

暫らくして、大人は奥さんを呼んで、どこかの払いに、別にしてあったお金を二十五円そろえてくれた。

そのお金を懐に入れ、恐縮して帰りかけるのを、大人は呼び止めていった。

「返して下さいよ。過去の労力の結果を持って行かれても、矢っ張り困りますよ」

六

つくづく考えてみると、借金するのも面倒臭くなる。

借金したって、面白い事もないのである。借りた金は、大概その前に借りになっているところへ返して、それですんでしまう。またそういう目的につかうのでなければ、人も貸してはくれないのである。これから何か欲しい物を買いに行きたいけれど、お金がない、一ぱい飲みに出かけたいけれど、お金がないから、お金を貸して下さいでは、借金の理由になりかねる。小生はそんなお金を他から借りた覚えはない。先《ま》ず始めに一ぱい飲み、その尻拭いは、例えば無名会の金を借りてすませる。その無名会の月賦払込の金が足りないから、どうかお金を拝借という事になって、始めて借金の体をなすのである。だから、借りたって、どうせ又別の相手に返してしまうに過ぎない。借金する時は恐ろしく切迫つまった気持で借りるけれども、後になって考えるとどうでもいい事だった様に思われる場合も少くない。借金運動も一種の遊戯である。毬投《まりな》げのようなもので、向うから来た毬を捕えてそのまま自分の所有物にしてしまうのでなく、すぐまた捕えた手で向うに投げ返してしまう位ならば、始めから受取らなければいいのである。その余計な手間を弄するところが遊戯ならば、鹿爪《しかつめ》らしい借金も、大して違ったところはなさそうである。

小生越年の計に窮し、どうしていいのだか見当もつかない。台所から提示せられた請求金額を一目見ただけで、望洋の歎《たん》を催さしめる。借金するには時機がわるい。此方の頼み込む理由が、即ち先方の謝絶の理由になるから、年の暮れの借金は、先ず見込がないのである。しかし、ほうっても置かれないので、苦慮千番の後、ついに窮余の窮策を案出した。原稿を書いて、その稿料を越年の資にあてようというのである。人並に考えれば、極極《ごくごく》普通の計画に過ぎないけれど、小生に取ってはその結果は甚だ覚束なく、且《か》つこの思いつきによって、歳末奔走の煩を免れんとするところに、聊《いささ》か奇想天外の趣もある。小生は雑誌社の編輯所に旧知の某君を訪れた。

「承知しました」と某君が云った。「しかし大体お出来になっているのですか」

「いや、これから書くのです」

「それで間に合いますか」

「間に合わなければ僕が困ります」と小生は他人事《ひとごと》のようなことを云った。「是非お金がいるのです」

「それは承知しましたが、しかしこちらの仕事は二十八日までで、それからお正月にかけて、ずっと休みになりますから、それまでにお出来にならないと、どうにもなりません」

「大丈夫です」と請合って、小生は家に帰った。胸算用して思えらく、先ず二百円、これで足りると云うこともないけれど、これだけの金を人に借りようとしても、この押しつまった今日となっては、中中出来にくい。恐らく何人も貸してくれないだろう。そういう風に考えて、今年の暮はまずこの二百円で我慢する事にしよう。小生はそういう事にきめて、早速仕事に取りかかった。文士気取りで一室に閉じ籠り、瓦斯《ガス》煖炉を焚き、続けざまに煙草を吸い、鬚も剃らずに考え込んだ。

一日たったら頭が痛くなったから、瓦斯煖炉をやめて、電気煖炉にしようと考え出した。そこで街に出て、電機屋の店を一軒一軒のぞいて歩いて、最後に半蔵門の東京電燈の売店に行って、どの型がいいかを検《けみ》した。しかし、お金がないので、買うわけには行かないから、見ただけで帰って来て、家を知っている近所の崖の下の電機屋に交渉を始めた。尤《もっと》も、店に這入って見たら、電気ストーヴはたった一つしかなくて、二三年前の物らしく、後の反射面に田虫の様な汚染《しみ》が出来ていた。使って見てよかったら買う、お金は後で、と云うことに話がきまり、電機屋の亭主がすぐにストーヴを持って来て、取りつけてくれた。

小生は電気煖炉を焚き、瓦斯煖炉を消して考え込んだ。暫らく考えていると、鼻の穴がいくらか硬くなった様な気持がして、おまけに、ところどころ引釣るらしい。指を突っ込んで掻き廻して見ると、内面がぱさぱさに乾いている。そうしている中に、眼も乾いて来たらしい。目玉と瞼《まぶた》の裏側との擦れ合い工合が平生よりは変である。これは電気煖炉ばかり焚くからいけないのだと気がついたから、今度は電気煖炉を消して、瓦斯煖炉を焚き、その上に薬鑵《やかん》をかけて、湯をたぎらした。しかしあまり長く瓦斯煖炉を焚くと、頭が痛くなるから、適当の時に消して、今度は電気にする。電気を余り長く続けると、鼻の穴や目玉が乾くから、また適当な時に消して、瓦斯にする。その方の調節に気を取られて、到頭その日もその晩も、結局仕事はなんにも出来なかった。

その内に、鬚ものびて来るし、小遣いはなくなるし、じっとしているので、おなかの加減もわるく、また次第に余日がなくなるから、なんとなく、いらいらして来だした。一体、原稿を書くということを、小生は好まないのである。自分の文章をひさいで、お金を儲けるとは、なんという浅間しい料簡だろう。おまけに、こうして幾日も幾日も一室に閉じ籠り、まるで留置場にでも入れられたような日を送りながら、なんだか当てもないことを考え出そうとして膨《ふく》れている。こんな目に合うよりは、方方借金に歩いて、いやな顔をされてもお金を借りて来る方が、余っ程風流である。電気も瓦斯も両方とも消して、こんな性に合わないことは止してしまえと考える。

しかし、借金するのに都合のわるい時期であることは、原稿稼ぎを思いつく前に、既にあきらめたことである。また自分の都合で頼み込んだ話にしろ、一たん雑誌社の某君と約束したことなのだから、このまま有耶無耶《うやむや》にしてしまうわけにも行かない。第一そうなったら越年の資を何処にもとめる。矢っ張り書かなければ駄目だと思い返していやいやながら机の前に坐ったけれど、ちっとも、らちはあかない。

到頭二十八日の朝になって、稿未だ半ばならず、急にあわて出して、先《ま》ず第一に、雑誌社へことわりに行った。

「どうも申しわけありませんが、駄目です」

「お出来になりませんか」

「まだ半分に達しない始末ですから、諦めます」

「一月は六日から出ますから、それまでにお出来になったら、拝見しましょう」

「左様なら」

帰り途に、落ちついて考えて見たら、二十八日までという期日は、小生がお金がほしくてきめて貰った日限であって、雑誌の編輯の都合からいえば、何も二十八日に原稿を受取らなくてもよかったのである。小生は自分の困惑について、他人におわびしに来たようなものである。

その日は一日、連日連夜の心労を慰するために昼寝をした。何となく重荷を取り落したようで、甚《はなは》だ愉快である。但し小生の午睡中に、これから二三日の間の借金活動に要する運動資金を調達するため、細君に、彼女の一枚しかないコートを持って、質屋に行くことを命じておいた。そうして熟睡した。

翌日寒雨をついて、小生は街に出た。先ず流しの自動車をつかまえて、談判した。折衝の結果、最初の一時間は一円五十銭、以後は一時間を増すごとに一円三十銭と云う約束が成立した。小生は、割合に新らしい自動車のクッションにおさまり、煙草を吹かしながら、窓外の寒雨を眺めた。運転手に、二十哩《マイル》以下のなるべく平均した速力で馳る様に命じた。何も急ぐ事はない。また時間契約だから、ゆっくり馳らしても、運転手の損にはならないのである。先ず荻窪に行き、神保町に帰り、阿佐ヶ谷に行き、日暮里に廻り、また西荻窪まで行った。例の無名会が、借りられないことになっているので、それを借りてもいいように諒解を得たり、許可をもとめたりするための奔走なのである。そうしてついにその目的を達し、百五十円借り出していいことになって、最後にその係りの同僚の私宅を訪ねたのである。やっぱり原稿を書いたりなんかするよりは、こういう活動の方が、晴れ晴れとしていて、私の性に合うと思った。そうしてその係りの同僚のうちへ行って見たら、年末だから、皆さんがお入り用だろうと思って、用意しておいた金を、次から次から持って行かれて、もう後には一円二三十銭しかないと云う話だった。

「もう今日は二十九日じゃありませんか、あんまり遅すぎますよ」とその友人が云った。

三十日も三十一日も、朝から夜まで歩き廻って徒労であった。運動資金の自動車代は、始めの一日でなくなってしまったので、後の二日は電車や、乗合自動車で駆け廻った。大概の相手は留守であった。折角来ていないとわかると、がっかりすると同時に、何となくほっとするような気持が腹の底にあった。そうしてまた勇ましく次の相手の家に向かった。

大晦日の夜になって、小生はぐったりして家に帰った。あんなに馳り廻らなかったら、その自動車代だけあっても、新聞代やお豆腐屋さんは済んだのに、という細君のうらみも肯定した。

表をぞろぞろ人が通る。みんな急がしそうな足音である。自動車の警笛がひっきりなしに聞こえる。小生は段段気持が落ちついて来だした。一体何のために、この二三日、あんなに方方駆け廻ったか。今急に買いたい物があるわけでもなく、歳末旅行をしようと思ってもいない。別にお金のいることはないのである。いるのは、借金取りに払うお金ばかりである。借金取りに払う金をこしらえるために、借金して廻るのは、二重の手間である。むしろ借金を払わない方が、借金をするよりも目的にかなっている。じっとしていて出来る金融手段である。大晦日の夜になっても、まだ表を通る人は、そこに気がつかないらしい。みんな、どこかでお金を取って来て、どこかからお金を取りに来たものに渡してやるために、あんなに本気になって駆け廻っている。気の毒なことである。しかし気がつかないのだから、止むを得ない、と小生は考えた。

間もなく除夜の鐘が聞こえ出した。もう一度来るといって帰った借金取りも、もう誰も来そうもない。また何も、忙しい中に、小生の家ばかり顧みて貰わなくてもいいのである。小生は借金の絶対境にひたりつつ、除夜の鐘を数えた。

七

百鬼園先生思えらく、人生五十年、まだ後五六年あると思うと、くさくさする。一年の中に十二ヶ月ある。一月に一度は月給日がある。別に死にたくはないけれど、それまで生きているのも厄介な話である。人生五十年ときめたのは、それでは生き足りない未練の命題である。余程暮らしのらくな人が考えた事に違いない。

生きているのは退儀である。しかし死ぬのは少少怖い。死んだ後の事はかまわないけれど、死ぬ時の様子が、どうも面白くない。妙な顔をしたり、変な声を出したりするのは感心しない。ただ、そこの所だけ通り越してしまえば、その後は、矢っ張り死んだ方がとくだと思う。とに角、小生はもういやになったのである。

こんな事を書くと、きっと目に角をたてる人がある。或《あるい》は、まあそんな気を起こさないで、自重加餐《じちょうかさん》してくれたまえとすすめる人もあるだろう。いよいよ御百歳の上は、棺をおおうて後に、遺友達の所説が二派にわかれるに違いないのである。一説に曰く、百鬼園先生は怪《け》しからん。借金を返さずに立ち退いた。第二説に曰く、百鬼園君、迷わずに行け。帰って来てはいけないよ。どうせ、いつ迄生きていたって、借金が返せるようになりっこないのだから、今迄のは棒引きにする。後を借りられない丈がこっちの儲けものさ。南無阿弥陀仏。

百鬼園新装

百鬼園《ひやっきえん》先生慨然として阿氏《あ》を顧《かえりみ》て曰く。

「三十年の一狐裘《こきゅう》、豚肩《とんけん》は豆《とう》を掩《おお》わず。閉口だね」

「何ですの、それは」と阿氏が云った。「そんな解らない事を云っても解らないわ」

「この二三日、顔が痒《かゆ》くて、仕様がないんだよ」

百鬼園先生は、鼻の辺りをぼりぼりと掻いた。「きっと毎日お豆腐に大根下ろしばかり食う所為《せい》だ」

「あらいやだ、お豆腐で痒くなるもんですか」と云って、阿氏は急に声を落とした。

「大根下ろしは、少しは上《のぼ》せるかも知れないけれど」

「それじゃ大根下ろしの所為だ。僕はもう止すよ。顔が痒くなると、むしゃくしゃしていけない」

「そうね。それじゃ止した方がいいわ。明日から、何か外のものにしましょう」

「明日からじゃないよ。今日からもう止す」

「だって、今日はもうその積りにしてしまったんですもの。お豆腐屋さんも、さっき行ってしまったし。揚げでも貰って置けばよかったんだけれど、それにお大根がまだ三寸ばかり残ってるんですもの。あれも食べてしまわなければ勿体《もったい》ないわ」

百鬼園先生憮然として思えらく。三寸の不律枉《ま》ぐべからず。三寸の蘿蔔《らふく》廃すべからず。吁嗟《ああ》。

「そんなに、無暗《むやみ》に顔ばかり掻くのは止した方がいいわ。今に、きっと痕《あと》になるから」

「痒いんだよ」

「それよりか、さっきは何て云ったんですの、三十年の何とかって、胡弓がどうしたって云うのか知ら」

「外套の事を考えていたんだよ。去年のは家にあるかい」

「外套でしょう。ありますとも。あんな物どこへ持って行ったって、五十銭にも預かりゃしないわ」

「もう著《き》られないか知ら」

「著られるもんですか」と吐き出すように云って、阿氏は百鬼園先生の顎の辺りを、しげしげと見た。「頸の皮が剝けるのか知ら」

「何だい」

「こないだ、あの外套を出して見たら、襟のところが真白になって、何だか一ぱい著いてるんですの。あれは、きっと頸の皮だろうと思うんですけれど」

「はたいて落とせばいいじゃないか」

「それが決して落ちないのよ。揮発《きはつ》で拭いても落ちないんですもの。あんな物とても著られやしないわ。袖の裏なんかぼろぼろで、はたきを押し込んだようよ」

友達のお古を貰って、裏も表も真黒に染め直したのを著出してから、もう十年になる。その前に友達が、何年著古した外套だかわからない。

「矢っ張り一つ造らなければ駄目かなあ」と云って、百鬼園先生は暗然とした。

「困るわねえ」と阿氏もその憂いを共にした。「それに帽子だって、今の薄色のでは、もう可笑《おか》しいわ。今時あんなのを、かぶってる人はないでしょう」

「じゃあれを染めようか」

「だって、その間、代りにかぶるのがないから駄目よ。尤《もっと》も、新らしいのを買っても、安いのなら二円か少少であるにはあるけれど」

「駄目、駄目」

百鬼園先生は、今の帽子を買った時の事を思い出した。帽子屋の番頭が、人の顔をじろじろ見ながら、「それは御無理です」と云った。「ずっと上等物になりますれば、それはいくらも大きな型も御座いますけれど、四円や五円の品物で、8以上のサイズと仰《おっ》しゃっては、どこの店をお尋ねになっても、そう滅多にあるものでは御座いません。おつむりの大きい方は、御自分に合うのがあったら、それでいいと云う事にして頂きません事には、その上に、やれ色合がどうの、型がどうのと仰しゃいましても、そうは参りませんで御座います」

百鬼園先生は一言もなく、いやに派手な感じのする水色の帽子をかぶって、その店を出た。

「帽子は、まああれでいい事にしておこう」と百鬼園先生が阿氏に云った。「それとも、また山高帽子を出してかぶろうか」

「山高帽子は駄目よ」と阿氏がびっくりして云った。「近頃は又少しへんなのではないかなんて、人に云われるから、止した方がいいわ。それにあれをかぶると、御自分だって、いくらか気持がちがうらしいのね、あたしいやだわ」

順天堂医院の特等病室に寝ている田氏《でんし》のところへ、百鬼園先生は水色の帽子をかぶったなり、つかつかと這入《はい》って行った。枕許《まくらもと》の椅子に腰をかけ、帽子を脱いで膝の上に置いて、聞いた。

「如何です」

「経過はいい方です。手術した痕が、癒著するのを待つばかりなんだ」

「どの位かかりますか」

「早くて三週間はこうしていなければならないでしょう」

「それでも、よかったですねえ、そうして盲腸を取り去ってしまえば、四百四病のうちの一病だけは、もう罹《かか》りっこないわけですね」

「あとは四百三病か」と云って、田氏は笑いかけた顔を、急に止《よ》してしまった。笑うと腸《はらわた》が、切り口から覗くのかも知れない。

「今日はお見舞旁《かたがた》、帽子を貰いに来ました」

「帽子をどうするのです」

「貴方の帽子なら、僕の頭に合うのです。滅多に僕の頭に合うような帽子をかぶっている人はありませんよ」

「だって僕の帽子は、君そんな事を云ったって、僕のかぶるのが無くなってしまう」

「しかし、こんな水色の帽子なんかかぶっていると、人が顔を見るんです。外はもう随分寒いのですよ。病院の帽子掛けに、帽子をかけて寝ていなくてもいいではありませんか」

「それはそうだけれど、出る時に帽子がなくては困る」

「出る時には、お祝いついでに、新らしいのをお買いなさい。あれはたしか、ボルサリノでしたね」と云って百鬼園先生は、隣りの控室から、田氏の帽子を外して来た。

「丁度いい」

百鬼園先生は、その帽子をかぶって、田氏の顔を見た。

「よく似合う」と病人が云った。

後で退院する時、田氏は新らしい帽子を補充するのに、二十幾円とか、かかったと云って、「一年著古《きふる》した帽子だと思ったから、惜し気もなくやったのだけれど、結局は二十何円持って行かれたのと、おんなじだ」とこぼしたそうである。百鬼園先生もその話を聞くと、何だか貰った時の気持とは勝手のちがう、少少物足りない様な感じがした。

「ここのところが痛いんだけれど、あたし肺病じゃないか知ら」と云って、阿氏は自分の胸を二本指で押えた。

「大丈夫だよ」

百鬼園先生は、何かのパンフレットに読み耽って、相手にならなかった。

「いいわ、あたし肺病になったら、肺病で死ぬより先に死んでしまうから。でもいやねえ、肺病なんて、西洋人でも肺病に罹《かか》りますの」

「罹るよ」

「そうしたら、どんな咳きをするんでしょう。西洋人だったら、いくらか違うでしょうね」

「知らないよ」

「肺病で痩せた時困らないか知ら。洋服だから、からだに合わなくなると思うんだけれど」

百鬼園先生が、黙っているので、阿氏は傍に散らばっている新聞を読み出した。暫らくして、又声を出した。

「何とか、ここ読めないわ、仮名が消えてるんですもの、それでと、秘書官を従え、約一ヶ月の予定で満鮮視察の為出発する、えらいわねえ」

「えらいよ」

「だって、うまく読めるでしょう」

「うまい」

「でも、ちょいと、満鮮て何ですの」

「満鮮は満洲と朝鮮だよ」

「あ、そう満洲と朝鮮だから、それで満鮮なの、うまく考えてるわねえ」

「もう少し黙って新聞を読んでいなさい」

「ええ新聞を読むわ。でも面白い事ってないものねえ、家賃の値下げなんて書いてあるけれど、うちの大家さんて、ひどい人よ。こないだ来た時、雨が漏る事を話したのよ。こんな狭い家で十三ヶ所も漏りますと云ったら、こないだの雨では、何処の家だって漏りますだって。それから、もうあんな雨は降りませんな、大丈夫ですと云って、帰ってしまったわ」

「ひどいね」

「口髭なんか生やして、いやな爺よ。それでもお神さんは、自分の御亭主が偉いと思ってるらしいから変なものね。いつかお隣りの函屋さんで会ったら、うちのお父さんなんか字もうまいのだから、あれで大学に上がっていたら、何でも出来るんだけれどって自慢してるんですもの。きっと尋常もみんなは上がっていないんでしょう。中途《ちゅうと》でね」

百鬼園先生が急に起《た》ち上がった。

「一寸《ちょっと》出て来よう」

「そう、どこへ入らっしゃるの」

「外套を買って来る」

「あら、だってお金なんかないわ」

「構わない」

「まあ、変ね、お金がなくって買えやしないわ」

「いいよ」

百鬼園先生は、妙にむくれた顔をして、往来に出た。


教授室の隣りの喫煙室で、脚の低い安楽椅子に腰を掛けた百鬼園先生が、片手に火のついた巻莨《まきたばこ》を持ったまま、目をつぶったり、開いたりしている。恐ろしく大きな顔の、額から頬にかけて、一面に脂が浮いているので、さわれば、ずるずるしそうな、あやふやした色が、光沢を帯びて無遠慮に光っている。

百鬼園先生は、時時、思い出した様に、手に持った煙草を吸いながら、自分の横で取り止めもない事を話し合っている同僚の方を眺める。それから自分の真正面の壁に懸かっている鏡の面に目が移ると、そのまま、また瞼《まぶた》を閉じてしまう。鏡がある角度をもって壁に懸かっている為、その前にいる百鬼園先生の顔が、丁度その中に嵌《は》まって、上から自分を見下ろしているらしいのが、いくらか無気味でもあり、又下から見上げた自分の顔も、余り快い印象を与えてくれないので、外《ほか》に見る物もないから、自然に目を瞑ってしまうのである。

「痛くて痒くて、この野郎、自烈《じれっ》たいな」と云いながら、甲君は、編上げの上から、自分の足頸を敲《たた》いたり、捻ったりしている。「湯婆《ゆたんぽ》で火傷したところが癒りかけてるんだよ」

すると、百鬼園先生も、昨日瀬戸物の火鉢の縁で手頸に火傷したのを思い出した。皮膚の色が、その個所だけ、一銭銅貨の大きさぐらいに、赤く変っている。

百鬼園先生は、物理の教授にきいた。

「乙君、水から火を出す事は出来ますか」

「そんな事は出来ない」

「水が火の原因になる事はありませんか」

「何だかよく解らない。どう云う意味なんです」

「つまり、炬燵の火が強過ぎると蒲団が焦げる様に、湯婆が熱すぎて火事になると云う事はありませんかね」

「そんな馬鹿な事があるものか君」と湯婆で火傷した甲君が、横から口を出した。

「しかし湯婆をその位まで熱くすることは出来るだろう。少くとも考え得られる事じゃないか」

「考えられないね」

「だって、中に火が這入《はい》っていても、湯が這入っていても、触れば熱いに変りはないだろう」

「熱いには熱いさ」

「だからさ、ただその程度を高めて行けば、丁度熱い石炭煖炉の側で、燐寸《マッチ》の火がつくように、湯婆に巻莨《まきたばこ》の端を押しつけても、火がつく筈だ。つく可《べ》きなんだよ。すると、その中身は湯で、即ち水だから、水から火が出たと云う事になる。つまり、水が火の原因になったのだ」

「君、それは焼ける物体の発火点の問題ですよ」と乙君が云った。

百鬼園先生には、発火点の意味がよく解らなかったので、聞き返そうと思っていると、今度は、向うの方にいた化学の丙君が、

「諸君は、火と云うものを知らないから、そんな解らない議論をするのだ」

と云い出した。

「知ってるよ君、火とは、さわれば熱いものさ」と甲君が言下に答えた。

「いや違う」と百鬼園先生が、きっぱり反対した。「火とは熱くて、さわれないものだ

よ」

それから、間もなく、みんな教授室の方へ帰って行った。

後で、学校の帰りに、百鬼園先生が数学の丁君と道連れになったら、丁君はこう云って百鬼園先生に教えた。

「さっきのお話は大変面白かったですね。しかし、水は物質で、火は現象ですよ」

百鬼園先生思えらく、金は物質ではなくて、現象である。物の本体ではなく、ただ吾人の主観に映る相《すがた》に過ぎない。或は、更に考えて行くと、金は単なる観念である。決して実在するものでなく、従って吾人がこれを所有するという事は、一種の空想であり、観念上の錯誤である。

実際に就いて考えるに、吾人は決して金を持っていない。少くとも自分は、金を持たない。金とは、常に、受取る前か、又はつかった後かの観念である。受取る前には、まだ受取っていないから持っていない。しかし、金に対する憧憬がある。費《つか》った後には、つかってしまったから、もう持っていない。後に残っているものは悔恨である。そうして、この悔恨は、直接に憧憬から続いているのが普通である。それは丁度、時の認識と相似する。過去は直接に未来につながり、現在と云うものは存在しない。一瞬の間に、その前は過去となりその次ぎは未来である。その一瞬にも、時の長さはなくて、過去と未来はすぐに続いている。幾何学の線のような、幅のない一筋を想像して、それが現在だと思っている。Time is money. 金は時の現在の如きものである。そんなものは世の中に存在しない。吾人は所有しない。所有する事は不可能である。

百鬼園先生は、お金の工面をして新らしい外套を買う事を断念した。

某日、百鬼園先生は、外出先から帰って、玄関を這入《はい》るなり、いきなり阿氏を呼びたてた。

阿氏が握髪して出て見ると、百鬼園先生は、赤い筋の大きな弁慶格子の模様のついた、競馬に行く紳士の著《き》るような外套を著て、反り身になっていた。丈が長過ぎて、靴との間が三四寸ぐらいしか切れていない。

「どうだ」と百鬼園先生が云った。

「あら、誰の外套」と阿氏がきいた。

「どうだ、よく似合うだろう」

「そうね、いいわね、でも少しへんね」

「へんな事があるものか、よく似合う」

「似合うには似合うけれども、変よ。どこから著ていらしたの」

「貰ったんだよ。藤君のところにあったから、貰って来た」

「そう。でもよかったわねえ」と云って、阿氏はもう一度百鬼園先生の様子を見直した。

百鬼園先生は、釦《ボタン》をかけたり、外したり計りして、いつ迄も上がろうとしない。これで外套も出来たし、帽子はボルサリノで、そうだ、洋杖《ステッキ》をかえなければいかん。もう今時分竹のをついていては、可笑しいだろうと考えている。

「もう寒くないわねえ」と阿氏が云って、それから急に百鬼園先生を促した。「早くお上がんなさいよ。今日は、炒り豆腐に木耳《きくらげ》を混ぜたのと、それから、卯の花に麻《お》の実を入れたのが、とてもおいしそうよ」

黄牛

応接室に通されて、待っていたけれども、主人は中中顔を見せなかった。窓の下の道を隔てた向う側の電信柱に、黄色い朝鮮牛がつながれている。顔をこちらに向けて、時時、目ばたきをした。私を見ているのだか、いないのだか、何時まで眺めて見ても、牛の目のつけどころが、はっきりしなかった。

応接室の中に、私の椅子の位置と向かい合って、粗末な外套掛けの台が据えてある。そこに掛かっている私のインヴァネスと、その上の帽子と、横に立てかけたステッキなどを眺めながら、煙草を吸ったり、欠伸《あくび》をしたりしている内に、私は自分の身に著けている物の由緒来歴をいろいろと考え始めた。

帽子は、チェッコ・スロヴァキア製の黒の天鵞絨《ビロード》帽である。数年前に、朝日新聞社内の廉売場で、同社の航空部にいる中野君が、私を連れて行って、買ってくれたのである。買ってくれた時から、既に裏の絹が破れていた。今では大分古色を帯びて、折れ目になったところの毛は、すっかり切れてしまい、黒い地に薄白い条が走って、あんまり立派でないけれども、私の頭が無暗に大きくて、滅多な帽子は乗っからないから、これで当分我慢する事にする。

インヴァネスは、十年前に、私が神田で、ぶら下がっているのを買ったのである。それまでは上に羽織る物がないから、ただ頸巻をし、手套をはめた手で懐手をして、街を歩いた。一緒に歩いた多田教授が気の毒がり、先生インヴァネスをお買いなさい、と頻《しき》りにすすめるのである。私は、買ってもいいけれど、高そうだから、いやだ、二十円まででなら買いましょうと云った。すると、多田君は、二十円も出せば買えますとも。もしそれより高かったら、僕がその超過額を出しますから、是非お買いなさい、とすすめた。

ところが、行ってみると、一番やすいのが二十二円五十銭なのである。止むなくそれを買って、今日まで著《き》て歩いている。ボタン穴はすぐに破れるし、襟の毛は挘《むし》ったように切れてしまって、今から見ると、当時は随分物価が高かったのだなと思う。

その後、多田君からは、度度お金を借りたり、返さなかったりしているけれども、それは又別の話であって、この時の多田君の負担額二円五十銭は、十年の今日に至るも、なお未だ返して貰った記憶がない。冬になってインヴァネスを著る毎に、私は思い出す。

外套用のインヴァネスのポケットから、白い手套がのぞいている。これは私の年来愛用する軍手であって、洗えば洗うほど色が白くなって、糸も柔らかくなり、何となく絹のような手ざわりがする。一揃十銭である。私はこの同じ軍手を三揃持っている。右手と左手との区別は、洗濯と洗濯との間の仮りの定めであって、洗えば右も左も解らなくなってしまう。つまり親指の袋が、他の四本の同じ線上に、真直ぐに並んでいるのである。だから、洗濯後に突込んだ手の恰好によって、右と左の姿が出来上がるに過ぎない。従って、三揃い六個の手套の内で、どれとどれとが一対であると云う様な、窮屈な関係もない。

ステッキは本格の籐《とう》である。握りには象牙がついているけれども、さるステッキ通の話に、ステッキを見る時、握りを気にする様では駄目です。ステッキはその棒によって鑑定すべきものですと云うのを聞いて、成程と思い、私は籐の色合、石突に近くなった部分の自然に細くなりかかっている線の工合などを自慢にしている。昭和六年法政大学学生の羅馬《ローマ》飛行の帰途、学徒操縦士の栗村君が買って来てくれたのである。一緒に行った熊川飛行士が、このステッキを銀座で探したら、百円では買えませんよと教えてくれた。学校に来たステッキ屋に評価させて見たら、六十円から七十円ぐらいのものですと云った。だから私は方方ついて歩いても、色色心配する。常に、何人かが持って行きやしないかと云う警戒の念をゆるめない。本郷の藪《やぶ》に蕎麦《そば》を食いに行った時、上り口に靴や下駄が一ぱいに列んで、その傍に、ろくでもないステッキが五六本立てかけてあった。こんなのと一緒にされて、間違えて、或《あるい》は故意に持って行かれては堪らないと思ったから、その儘ステッキを持ったなり二階に上がって行ったら、一高の生徒が、いやな顔をしながら私を睨めて、あいつ、ステッキ持って上がって来やがったと云った。

羽織は友人が著物《きもの》に著古した後の、洗張《あらいはり》の反物を貰って、裏には布団の裏を引っぺがした布をつぎはぎしたのが附いているそうだけれども、そう云う技巧の点に到ると、私にはよく解らない。

袴は森田草平大人のお古を貰ったのである。貰ってからでも、もう数年たつけれども、まだ破れない。ひそかに思えらく、袴には方方に深い皺があって、そこが自由に拡がったり、又二重になったりするから、それで破れないのであろう。或は破れていても、見えないのである。洋服のずぼんにも、襞《ひだ》をつける事にしたらよかろうと考えた。

それから、履物は洒落《しゃれ》たフエルト草履である。初めは足に力が這入《はい》らぬ様な気持がして、足の裏が擽《くすぐ》ったくて、穿《は》きにくかったけれど、段段に馴れて来て、この頃では少少雨が降っていても、アスファルトの上なら、草履で歩く。この草履のもとの持ち主は、今、市ヶ谷の刑務所に入れられているのである。不思議な縁故で、その草履を私が貰って穿いている。足の尖に感慨が下りて行くような気持がしかけた時、窓の外の黄色い牛が、貧弱な声で「めえ」と鳴いた。その拍子に、入口の扉が開いて、主人が、どうもお待たせ致しましたと云いながら、這入って来た。

可可貧の記

昔時可可貧
今朝最貧凍
作事不諧和
触途成倥傯
行泥屢脚屈
坐社頻腹痛
失却斑猫児
老鼠囲飯甕
　寒山詩

私が陸軍士官学校に奉職している当時、大分前にやめた或る前教官の家が生活に窮し、在職中に買い求めたマイエルの百科辞典を買い取ってくれる人があれば、譲りたいと云っていると云う話を聞いた。

私はその頃士官学校の外に、海軍機関学校を兼務し、月給は相当貰っていたけれども、色色の煩累のため、生活に余裕がないばかりでなく、段段貧乏して行くのが、目に見えていた。しかし、その字引は以前から欲しいと思っていた物でもあり、又余裕がないと云っても、無理に出そうとすれば、その位の金は、後で困るだけの事で、出せない事もなかった。それで、私は思い切って、その字引を譲って貰う事にした。値段は二十円か三十円であった様に思うけれど、はっきりした記憶がない。

私の留守中に、先方の奥さんがその本を私の家まで届けてくれた。大部な本で、しかも六冊揃いなのだから、女の手にさげて来るのは大変であったろうと思う。人力車に乗って来た様子もなかったと云う家の者の話しを聞いて、私は気の毒に思った。

綺麗な彩色をした挿絵が沢山あるので、私が披《ひら》いて眺めていると、子供が傍から覗いて、見せろ見せろとせがんだ。まだ小さくて五つか六つ位だったので、破られては困ると思ったから、手を出してはいけない、ただ見るだけだよと申し渡した。

「ただ見るだけよ」

「そうよ、ただ見るだけよ」と兄妹相戒めて、一心に万国旗や猛獣の絵にのぞき込んだ。

何年もたたない内に、私の家計は段段窮涸《きゅうこ》して、月給はあっても身につかぬ様な苦しい月が続くようになった。

暮夜、マイエルの百科辞典を風呂敷に包み分けて、駒込の質屋に運んだ。借りた金を懐に入れて、白山坂上の小路を歩いていると、当時は私は法政大学に出ていたので、その同僚の一人にばったり出会った。同僚は、また別の学校の夜学に出ていて、その帰り途なのであった。

「いい所で会いましたね」と同僚が云った。

「一寸《ちょっと》寄りましょうか」と云って少し引き返して、二三度行った事のあるおでんやに這《は》入《い》った。

ここのおやじに吸物を造らせるとうまいなどと云う事を、自分の味覚を誇る様な気持で云って見たかった時分なので、吸物をあつらえて、とこぶしを肴に大分酒を飲んだ。

入口の暖簾の陰から、色の白い、髪の毛を伸ばした六つ位の男の子が覗いて、もじもじした。お神さんが出て行くと、おでんを一銭くれと云った様であった。私にはよく解らないが、その子の著《き》ている著物は絹の様であった。

お神さんが、鍋の前にいる亭主に向かって、またおでんを一銭ですってさ、と云う様な事を云った。亭主が何か小声で云った事は聞き取れなかったけれども、自分で鍋の中から幾串か取り出して、入口まで出て行った。

「はいはい、お待ち遠様でした」と云いながら、子供の両手に串を持たせた。

子供の後の暗い所に、小さな姉が待っていた様である。

私は盃を銜《ふく》みながら、思いがけなく、熱い涙が皿を載せた荒木の板に落ちるのを、同僚に隠すのに骨を折った。

それから又銚子を代えて、いい機嫌になって、帰って来た。

同僚は私が懐から出して、お釣りを取ったお札《さつ》が、どう云う金だか知らなかった様である。

おでん屋で不覚に落とした二三滴の涙が讖《しん》をなして、それから又何年もたたない内に、私は学校をやめてしまい、子供達のおなかのたしに、馬鈴薯の丸茹《まるう》でや、麪包《パン》の耳を買って与えなければならなかった。

百科辞典はそれきり流れてしまって、子供達が今は、ただ見るだけでなく、自分で検索出来る様に大きくなっていても、与える事が出来ないのである。

貧凍の記

十年前貧乏の極衣食に窮して、妻子を養う事も出来なくなった。家の中に典物もなく、借金に行くあてもなかった。これればかりは、どんな事があっても手離すまいと思ってい
た漱石先生の軸を、人手に渡して金に代えるより外に、もう途がなくなったのである。既に亡くなられた先生に対して誠に申しわけがない。又自分の心中にも堪え難いものがある。しかし、これを以て米塩に代え、一家が活路を見出す迄の日を過ごさして戴いたとすれば、恐らくは、願わくば先生も許されるだろうと、気を取り直した。なるべく縁故のある人に譲りたいと思った。私は同門の先輩を訪ねて、事情を打ち明け、紹介を乞った。

予《あらかじ》め先方に話して貰った上で、妻がその紹介の手紙に添えて、軸物をその家に持参した。貰って来た金は、先輩に相談した時、先ず《ま》この位が適当だろうといわれた、その半分にも足りなかった。

悲痛な気持に、冷刃《れいじん》を加えられる様な思いがした。

ところが、よく聞いて見ると、なお堪えられない事があった。

先方の主人は、軸を繰りひろげてしけじけと見ながら、こう云ったそうである。

「御紹介があるから、戴いては置きますが、漱石さんの物には贋物が多いのでしてね」

そうして巻き返しながら、

「どうも、おかしい所がある。失礼ですが、これで戴いておきましょう」と云って、その金を出したと云うのである。

私は、その家の名はもとから知っており、またその店に這入《はい》って買物をした事もある。主人に会った事はないけれども、そう云う非礼の人とは知らなかった。私が門下であった事は紹介されている筈であり、また紹介状を書いた人は主人の知り合いなのである。

そう云う関係を無視してまで、自分の鑑識を衒《てら》おうとしたのである。

墨を含ませた筆をかかげている先生の前に跪《ひざまず》いて、紙の端を押さえた昔の自分を思い出して、私は口惜しくて涙がにじみ出した。すぐに取り返したくても、それは出来ないのである。その余裕があれば、初めから漱石先生の遺墨を持ち出さなかったであろう。

私はそう云う金に手をつけて、使ってしまった。

それから毎日その事が念頭にあった。暫らくの後に、漸《ようや》くその時受取って来ただけの金額を調える事が出来たので、水菓子の籠を持たして、妻を先方に遣わし、お蔭で危急を救われました、先日の軸物はお返し願えないかと申し出たら、直ぐに返してくれたそうである。

もう決して人手に渡すまいと思って、再びその軸を床にかけた。しかし、貧乏は執拗であって、その一軸を守る事すら私に許さなかった。今度は夏目家に持参し、夏目家を通して、先生の遺墨を熱望していた人の家に蔵められたそうである。

空山不見人、但聞人語響の五言の軸であった。今でも瞼《まぶた》の裏に、ありありと先生の筆勢を彷彿する事が出来る。

櫛風沐雨

一

　三浦半島の三崎のお寺に初秋を迎えた山部から電報が来た。電報の文句は忘れたけれども、その意味は淋しくて堪らないから、すぐ来てくれと云うのである。淋しいと云うのが、単なる感傷でなく、もっと激しい内容をもっている様に私は推測した。お寺の畳の上に血を吐いているのではないかと心配した。

　それで私は取るものも取り敢えずと云う気持で汽車に乗って出かけたけれども、そっちの方に行った事がないので、勝手が解らなかった。

　横須賀で汽車から降りて、駅の前の俥屋《くるまや》に三崎まで行く交渉をした。暫らく乗って行くと、右手に大きな広い坂のある所まで来て、俥屋が止まったので、これからこの坂を登るのかと思っている内に、路の傍にいた空車の車夫と起《た》ち話を始めた。それから私の車のかじ棒をそこに下した儘、二人で大分離れた向うの方に行って何だか熱心に談判を始めた。両方で手を出したり、引込めたり、指を折って見せたり、かぶりを振ったりしているのが見えた。

それで結局、俥屋《くるまや》同志の間に話がまとまって、私はお客として、も一人の車夫の方に売られる事になった様である。駅の車夫が三崎まで行くのはいいけれども、帰りが大変である、もし空車で帰って来る様な事があるとつまらないから、そっちの方角の俥屋にお客を売ったのである。私を買い取ったのは三崎の俥屋だと云う事が後でわかった。それで三崎の俥屋は、私が初め駅の車夫と取りきめた額よりはずっと安い賃銀で行く事にして、その差額を今、駅の俥屋に支払って私を買い受け、向うについたら私から初めの話し通りの全額を受取ると云う事になったらしい。

「すみませんが、あっちの俥に乗って下さいませんか」と駅の俥屋は造作もなく云った。

何年か後に私は海軍機関学校の教官になって、毎週一回ずつ横須賀に行く様になったけれども、その時は初めて横須賀に来たので、町の様子も解らず方角も立たなかった。

今度の俥屋が私を乗せて、貸馬の馬場の様な柵のあるところを走ったら、それで横須賀の町は尽きた様であった。

それから秋晴れの田舎道を厭き厭きする程車に揺られて行った。横須賀から八里あると云った様に思うけれど、本当はどうだか知らない。なだらかな峠を登って山道にかかると、両側は煙草の畑で、煙草の花が咲いていた。俥屋が煙草の花だと云ったからそれを覚えているので、花の姿はどう云うわけだか目に浮かんで来ない。それよりも山の傾斜の向うに、恐ろしく大きな老松が根もとは見えないけれども、亭亭とした枝を山畑の外れに張って、空に浮いた様な姿で遠い海波の光を遮っていたのを思い出す。

あんまり長く俥に乗っているので、くさくさして来たし、身体も窮屈だから、私は俥から降りて、車夫と並んで歩いた。

その山を越してから又俥に乗り、辺りの薄暗くなる頃、三崎の町に這入《はい》った。町なかの山が家家の屋根の上にかぶさる様に暮れていた。片側に燈のついていない家があって、その向いは荒い石垣になっている狭間の様な凸凹の道を俥が通った。石垣の上に列《なら》んだ暗い松が、何処から吹き抜けるか解らない汐風をふくんで、轟轟《ごうごう》と底鳴りがする様に騒いでいた。

お寺の座敷で、山部と夕食をした。今晩は私もそのお寺に泊まり、明日一緒にここを立って、茅ヶ崎の病院まで私がついて行く事にした。

栄螺《さざえ》の壺焼を食い、山部はしきりに気を遣って、私に酒をすすめた。銚子を運んで来るお寺の娘さんが、あんまり綺麗なので私は気になったが、又その為に山部は猶の事淋しかったのではないかと考えたりした。毎年暑中休暇にやって来る一高の生徒や大学生の間に評判の娘さんだと云う事を後で聞いた様に思う。一日じゅう秋日に照らされて来た疲れと、お酒の酔とで眠たくなったから、寝た。時時強い汐の香がする様に思ったけれど、さっき俥で町に這入ってから、道を曲がっても海は見えず、今お寺の枕に頭をつけて考えて見ても、海の方角が解らない様な気がした。そんな事をぼんやり考えて海はどちらだろうと云う一つ事にこだわった儘、段段後先が解らなくなりかけた時、不意に私の顔を見て山部がこぼした、さっきの二三滴の涙が気になり出した。私の瞼の裏にぎんぎん光る粒が右に転がったり、左に帰って行ったりして、それはさっきの事を考えているんだか、自分の粒を眺めているのだか判然しなくなった様な気がしている内に寝てしまった。

何年か後に、大正十二年の大地震より大分前だったと思う、三崎に大火があって、町が焼けてしまったと云う事を聞いた。その時私はどう云うわけか、暗い松の列んだ石垣の下の狭間の様な道を、燄《ほのお》が水の流れる様に流れた光景と、山部のいたお寺が火燄に包まれて、塊りのまま海の中に転げ落ちた光景と、その二つの想像がいつまでも、見て来た記憶の様にありありと残って消えなかった。

二

行きがけに私の通った道とは違った方から、俥《くるま》でなしに馬車に乗った様な気もする、途途山部の顔色を見つめて、非常に気をつかいながら、やっと横須賀まで帰った。汽車では二等車の、窓に沿った昔風の長い座席の上に山部を寝かして、私はこっち側の座席で一服した。横須賀を出てから、いくつ目かの隧道をくぐった時、山部が寝たまま顔をこっちに向けて「おい」と云った。

「何だ」と云って、私は起《た》ち上がって、向う側の、山部のところに席を移した。

「苦しくはないか」と私が聞いた。

「いや大丈夫だ、しかし君には本当にすまなかった、御礼をしなければならんと今考えたところだ」

「へえ、御馳走を食うのはいいが傍についていて、酒の事をがみがみ云うから有り難くない」と私が云った。昨夜は、文句も云わないし、頻《しき》りに薦めたではないかと云う事は、気の毒だから黙っていた。

「そうじゃないよ。御馳走の話ではないのだ。しかし君はあんまり酒を飲んではいかん」

「いつだって、そんなに飲んではいないじゃないか」

「酒はいけない、よしたまえ」

俄耶蘇《にわかヤソ》が何を云ってると思って、私は相手にしなかった。酒の話が出ると、一ぺんそこ迄云ってしまわなければ、何となく気がすまないのかも知れない。

「そう云う話ではないのだ、僕は今、君に御礼をしようと考えた」

「何かくれるのかい」

「みそさざいを買ってやろうと思う」

その話しの間に、汽車はまた一つ隧道をくぐった。考えて見ると今から丁度二十年昔の話である。その間山部は病気にくしけずり、私は貧乏にゆあみして来たが、しかし、それはそれとして、山部はいまだにみそさざいを買ってくれない。後になって私から山部に心配や迷惑をかけた事も多多あるけれど人事《じんじ》とみそさざいとは別である。今京都にいる山部は五月号の中央公論でこの章を読み、今度東京に出て来たらきっとみそさざいを買ってやると云うだろうと想像する。

大船で乗り換えた時、又駅の待合室の腰掛の上に山部を寝かして、私は一服した。時がたつ程、辺りが静まり返って、どうなるのだろうと思っている間に、何処からともなく人の足音が帰って来て、少し歩廊が騒騒しくなったところへ、下りの汽車が著いた。

それから茅ヶ崎の病院へ行ったのだろうと思う、何故だかどうもはっきりしないところがある。美しい看護婦が、天狗の兜巾《ときん》の様な物を口にあてて、さっさと廊下を行くのが不思議であった。西班牙風《スペインかぜ》の流行する前なので、呼吸器と云う物を知らなかった。呼吸器とは気管や、肺臓の事ではなく、流行感冒の予防に口にあてるマスクの事をそう云ったのである。看護婦の兜巾は呼吸器であったと云う事を、じきに後になって知った。

勾配のある長い廊下が、砂丘の上を這い廻っている。向うの高くなっている所はその先が見えないので、恐ろしい気持がした。病室のベッドに寝ている山部の枕許にお膳が運ばれたから、食うのを見ていようと思っていると、山部は寝床の上に坐って、うまそうに箸をつけた。お膳の上は普通の煮ざかなや野菜のお惣菜に、豆腐の冷奴と生玉子がついている。うまそうな恰好で食っている癖に、案外お膳の上が片づかないのが、病気の所為《せい》かなと思って眺めている間に、山部はやっと三ぜん食べ終った。

「なぜ玉子や豆腐を食わないのだ」と私は気になるから聞いて見た。

「これから食うところだ」

そうして先に豆腐の奴を一どきに嚥《の》み込む様に食ってしまった。それから今度は玉子を割って、一口に泡を噛む様な顔をして嚥み込んだ。

「どうしてそんな無茶な食い方をする。まずそうではないか」

「こうしないと、みんな食えない」

「御飯にそえて食う方がうまいだろう」

「そう云う事をすると、先にこう云うものが腹に這入るから、それだけ外の物が食えなくなる。先に外の物を食えるだけ食って、それから豆腐や玉子なら無理にでも嚥み込めるだろう。ここにいる人はみんなこうして食うんだよ」

山部はそう云って、今腹の中に入れた物をもう一度さぐって見る様な目つきをした。

三

山部は一旦郷里に帰って、それから又茅ヶ崎に出て来た。今度は病院よりもっと先の松林の中にある下宿屋に落ちついた。下宿屋の相客はみんな同病の療養者ばかりである。

茅ヶ崎の駅には陸橋がなくて、自分の乗って来た汽車が出てしまった後、線路を渡って向うに越すのである。何度も行くうちに駅長さんの顔も覚えた。その駅長さんがそれから間もなく茅ヶ崎駅を通過する列車に触れて殉職した。又山部の下宿の近所の青年は新らしく買ったかんかん帽をかぶって、汽車に乗り、動き出してから窓をのぞいた拍子に、かんかん帽が飛んだので、次の駅で降りて、線路伝いに拾いに帰る途中、汽車に轢《ひ》かれて死んだ。山部は必死の闘病中であり、私はまた学校を出たきりでまだ地位もきまらず、仕事にも落ちつけず、焦燥と鬱悶のために無暗《むやみ》に死と云う事に拘泥した時分だから、右の様な事件は二人の間の話しに特別の意味を含み、不思議な感銘を当時の心に刻んだ儘、いまだに忘れる事が出来ない。

駅からその下宿までの道は大分遠いので、暑い日には俥《くるま》に乗って行った。しかしやっと行き帰りの汽車賃だけしか持っていないと云う様な事が多かったので、そう云う時には、熱い砂を蹈んで陰のない道を歩き、ある時は途中で目がくらんで殆ど倒れそうになった。疎《まば》らな松林の中に井戸があったので、その水を汲んで漸《ようや》く元気をつけた事もある。若い時の友情と云うものを自分から離して眺めて見ると、寧《むし》ろ不思議な気持である。山部が淋しがって待っているだろうと思うだけで、必ず一週に一度か二度は茅ヶ崎に行かないと、今度は私の方が落ちつかない。その為に汽車賃の工面に窮して質屋で金を借りる事を知ったと私は覚えている。自分の思い出を飾るために、無意識の裡に虚構の記憶を造り出していないとは云えないが、後年私が非常に貧乏した時分からは、まだ大分の間があって、衣食に窮すると云う程ではなかったけれども、小遣や身のまわりには、当時から困っていたので、そう云う事もあったかも知れないと思うのである。

その内に山部の病中の恋が進んで、その打ちあけ話を聞いた私の方が悲痛な気持を持てあます様な事になった。暫らく郷里に帰っていた間に、丁度その町へ来合わせた相手の人とかたらったらしいのである。当時の山部の病状と、又いつも見るその憔悴した顔とを考えて、祝福するには気遣わしく、しかし当人の幸福な気持に触れて傷つける様な事はしたくないとも考えた。

初秋のある日、茅ヶ崎の下宿でその人に会った。おあいさんと云う名前であった。薬罐をおいた床の間に、提琴の筐が立てかけてあった。三人で一緒に鳥鍋を食い、私は酒を飲んだ様である。辺りが暗くなってから、私は帰った。闇夜で風がなくて、手に持った提燈の灯が次第にふくれて大きくなる様に思われた。いつも通っている、勝手を知った道の角を曲がる度に、非常に恐ろしい所へ踏み出す様な気がして、しまいには自分の足音を聞くのも怖くなった。向うに、暗い田圃《たんぼ》の中に、割りに幅の広い道が薄白く真直ぐに伸びている。これからその道を渡って行くのが大きな池か海の中に這入って行く様に思われて、足が立ち竦《すく》んだ。

駅に近い人家の灯りの見える所へ出るまで、私は夢中で馳け出して、いつの間にか提燈の灯が消えていた。

四

山部がおあいさんと結婚して、京都に家を構え、子供を生み大学の先生になって、威張っているらしいから、私はしょっちゅう東京から遊びに行った。

私もその内に士官学校の教官になり、又何年か後には機関学校も兼務して貧乏に変りはないにしても、無茶をする気にさえなれば、特別急行に乗り、又は寝台車を買って京都に往復する位の事は出来る様になった。

用件があって行くのではないから、支度も何もいらない。夏は単衣を一枚著《き》て、洋杖をつき夏帽子をかぶって出かけた。袂《たもと》の中にちり紙手帕《ハンカチ》煙草燐寸《マッチ》を入れるから、両袖がぶらぶらする。懐の素肌にさわるところに金入れがある。それだけで外に何も必要な物はない。夕方のまだ明かるいうちに京都に著き、勝手を知った電車に乗って、山部の家の近くの停留場で下りて、洋杖を振り振り歩いて行くと、向うから山部教授夫人おあいさんがやって来た。

私の方が先に見つけているから、

「今日は」と挨拶すると、釣り込まれて、

「まあ暫らく、どちらへ」と云いかけて人の顔を見ている。

「お出かけですか」

「はあ一寸《ちょっと》歯医者へまいりますの。あら、今いらしたんですか、まあ、東京から」と云いながら、私をほうっておいて、馳け出して帰ってしまう。

子供も上の二人は私を覚えているので、おじちゃん、おじちゃんと云って、玄関まで迎えてくれる。二階に上がると、後からついて来て、姉妹二人で窓の閾《しきい》に上がって、一生懸命に硝子《ガラス》窓の磨《すり》硝子を爪でがりがり掻き始めた。

「駄目、駄目。こらっ、おいやめさせろ、堪らない」と云って私が身もだえするとなお面白がって止めない。その音がきらいだと云う事を子供達が知っていて、わざとするのである。

「これ、くに子、内田さんのおじちゃんが、いやだと云っておられるから、やめなければいけませんよ」と山部が泰然として子供を戒めている。

晩飯の用意が出来たと云うので、茶の間に下りて行くと、山部が先に坐っていて、

「酒を飲むのか、酒はよせよ、まあいいさ、あんまり飲むなよ」

「いいんですよ内田さん」と山部夫人が台所から云った。「もう猪口《ちょこ》もお隣りから借りて来て、用意してありますわ」

「麦酒ならいい、麦酒なら飲んでもいいが、二本で足りるだろう」
「うまかったら、請け合えない」
「あら、麦酒もいつか伺った朝日の生詰を三本買って来て、もうバケツに漬けてありますわ」

五

そう云う期間も過ぎ去って、私は大家族を背負った生活の破綻を弥縫《びほう》する事が出来なくなった。学校を三つ兼務して、その俸給が人の羨むような額に上った時、私は貧乏の極家計を支える事が出来ない程の窮境に陥った。その間の矛盾を他人が納得するまでに説き進めていれば、本篇の文題から外れてしまって、恐らくは結尾までもとに帰れなくなると思うからここにはその方の叙述を割愛して、読者の疑惑にゆだねる事にする。

学校に在職のまま、欠勤の手続をして私は京都の山部の家に身を寄せた。前後二ヶ月位いた様である。親戚旧知の間に借金の整理を頼む為に行った様な気もするし、その癖何もしないで、ただ山部の家に悯然と起居していた様でもある。余りの心労の所為《せい》か、或《あるい》は却て自分からその心配に触れない様に、気持を宙に浮かした様な心構えでいたかも知れない、その間の事はもやもやした曖昧な記憶しかなくて、事の始りと終りさえも判然しない様なところがある。

ただ無暗に御飯がうまかった事をはっきり思い出す。おあいさんの毎晩の心尽しの御馳走を余すところなく食い散らし、禁酒論者を相手に盃をあげて駄弁の限りを尽くし、それから御飯となると、もうよそうと思っても止りがつかない、居候八杯目にはにゅっと出し、などと云いながら後で気分が鬱陶しくなる程詰め込んだ。

一生のうちには、御飯がうまくて堪らないと云う時期もあるものだと、この頃になって顧てつくづくそう思うのである。肝心の家計の建て直しの方はどうなったか、まるで記憶もなく、思い出そうとしても、引っかかりもない他人事《ひとごと》の様な気がする。

六

とうとう学校もみんな止めてしまい、家を出て、一人で砂利場の奥に身をひそめる様な事になってしまった。その安下宿の払いが次第に溜まって、玄関の出入りにも肩をすぼめなければならなかった。飯時のお膳を外したら、食う物がなかった。道を歩くといろいろのうまそうな物が気になって、今日は終点の寿司屋はまぐろデーで一人前が十銭だとか、新坂の下のしるこ屋の稲荷ずしは、一皿五銭で三つだとかそんな事をはっきり記憶して道を歩いた。

もう汽車に乗って用もないのに京都まで行く事も出来ないし、又会いたくもなかった。それまでに山部に心配や迷惑をかけた揚句でもあり、又そう云う事を別にしても、私の本当の窮境を自分の口で談《かた》るのは気が進まなかった。

遠縁の者が博文館に這入《はい》ったので、その紹介で「百鬼園先生言行録」を新青年に載せて貰う事になって、その話がきまるまで、何度足を運んだか知れない。編輯所は掃除町の裏の氷川下にあったので、いつも掃除町の停車場からごみごみした裏町に這入って行った。

編輯所は大きな屋敷の畳を上げて、そこに腰掛を置いたり、硝子《ガラス》戸を嵌《は》めたりして、洋館代りに使っているのだから、どこもかも薄暗くて玄関を上がった右手にある応接間は特に暗い様に思われた。応接間と云うよりも、原稿売りの溜りであったらしい。いつ行って見ても、憂鬱そうな顔をした人ばかりが大勢じっと身をすくめて待っていた。二時間でも三時間でも、長い時は半日もそこでぼんやり待っている。お互同志挨拶するでもなく、なるべく顔を見合わない様にして、時時ぷうっと溜息を退屈にまぎらして吐く人がある位のものである。その中のだれかの係りの編輯者が入口に現われると、その姿を見ただけで待っている人の顔に喜色が溢れた。編輯者がそこいらの腰掛に一寸《ちょっと》腰をかけて話しを始めるのを私共は羨ましそうに眺めているのである。原稿を持って来た人はみんな腰が低くて、売り手と買い手の応対である事がよく解る。大概の場合、何か原稿に註文をつけられるか、ことわられるかして、相手はさっきの喜色を拭い消した様な浮かぬ顔になり、外の待合客にきまりの悪そうな様子で帰って行くのが多かった。

いつまで待っても私の係りの編輯者は出て来ないので、もう持って来た煙草は吸い尽くしたけれど、新らしい朝日を買うには、持っている金が十五銭に足りない事を承知しているから、暫らく我慢していた。それから、又随分長い間待っている内に、到頭我慢しきれなくなって、平生吸い馴れないけれど無いよりはましだと思って、十銭の両切を買う事にした。それを買ってしまえば、もう帰りの電車賃が無くなるから、氷川下から砂利場まで歩かなければならない、しかしそれは覚悟の上であった。玄関の下足の隅に、一通りの煙草が揃えてあって、みんなそこで買って来るのを知っていたから、私も起《た》ち上がって行って玄関まで行って、エヤシップを一つ取って、その代りに十銭置いて又応接室の方に帰って来た。廊下を歩きながら函を開けて、銀紙を破いて、一本つまみ出したところへうしろから、「もしもし」と云う声がした。振り返って見たら下足にいる爺さんが私を追っているらしい。

「エヤシップをお取りになったのでしょう。十二銭ですからもう二銭足りませんよ」

私は、はっと思った拍子に惑乱してしまった。エヤシップが十銭だったことは確かにあったけれども、それは値上前の昔の事なのだろう、ちっとも知らないで、大変な事をした。もしあとの二銭がなかったら、どうしたらいいだろうと、わくわくしながら袂《たもと》をさぐったら、大きな二銭銅貨がたった一つあった。ほっとした後で、何だかぼんやりして、今度は時間のたつのも構わずに、平気でエヤシップを続け様に吹かしながら、いつまでも待っていたけれど到頭その日は「まだ今のところ、確たる御返事を致し兼ねますが」と云う挨拶を受けた限りで引取らなければならなかった。そう云う時に余り云うと、「お急ぎの様でしたら、一先《ひとま》ず原稿をお返し致しましょう」と云われるのが恐ろしいので、だまって砂利場まで歩いて帰った。

或る日、もう六十に近いらしい老人が、よれよれの袴を穿《は》いて、編輯者を待っていた。暫らくすると、編輯者がぐるぐる巻きにした原稿の様なものを持って来て、その老人と対談した。話しの様子では農業世界か何かの関係らしかった。五分もたたない内に編輯者は、「それでは」と中途半端な挨拶をして、さっさと部屋を出て行った。

「ああ、あ、止むを得ない事だ」と老人が大袈裟《おおげさ》な声をして、とぼとぼと出て行ったので、少し可笑《おか》しかった。

暫らくすると、廊下に慌しい足音がして、さっきの老人が受附の女給仕をつれて入口に現われた。卓子の上から、人が腰を掛けている椅子の上までも一わたり調べ、部屋の隅隅まで見て廻った後、「ああ、あ」と云った。「もう、ない」

「後でまたよくお探ししておきますわ、でも外でお落しになったのではありませんか」と女給仕が早口に云った。

「ああ、あ、原稿はおことわりになるし、手套はなくするし、今日は、何と云う日だ、もうない、誠に飛んでもない事をした」

老人がおろおろ声でそう云った。今度は可笑しいどころでなく、うっかりすると私もその大袈裟な調子に引込まれそうであった。

掃除町の停留場のすぐ前の蕎麦《そば》屋の格子に、「盛りかけ六銭」と書いた木札がぶら下がっていた。その当時は十銭が普通で、たまに場末などへ行くと八銭の家があって、特別に安いと思われた時分だから、六銭と云うのは格外であった。私は電車を幾台もやり過ごしながら、いつまでも停留場に起ったまま、蕎麦を食おうか、電車に乗ろうかと煩悶した揚句、到頭蕎麦屋に這入って、盛りを一つ食い唐辛子を入れて湯を飲んで外に出た。そうして伝通院の坂を越して砂利場まで一時間以上かかる道を歩いて帰った。片道の切符を買うお金で蕎麦を食ったのである。六銭の盛り一つでは味がよく解らない位うまかった。

そう云う時に山部が京都から上京して来た。本郷の基督《キリスト》教青年館に泊まっていると知らせて来たから会いに行った。

暫らく会わなかったけれども、病気の方ももう固まって心配はないらしい。旅費の中から、私に五円くれた。

外に出て、蕎麦屋にでも行って話そうと云うので、一緒に出た。蕎麦屋に腰をかけて何を食うかと聞くから、何とか答えたのだろう、それは覚えていないが、それより私は蕎麦に箸をつける前に、お燗《かん》が一つ欲しかった。随分暫らく酒を飲まなかったし、それにその晩は寒かった。

蕎麦の註文を通した後で、私は遠慮しながら山部に云った。

「それよりも、その前に酒を飲む」

「酒はよせ」と山部が待ち構えていたらしく、今に云い出したら、一撃を加えようと用意していた様な語勢で云った。

「なぜ」と私が云ったけれども、もう山部の一喝で一度に勢いを失い、ぽそぽそした気持になって、重ねて求める元気はなかった。

「君は今の様な境遇で酒を飲むと云う事があるか、まだ君はそう云う事を云っている」

さもさも苦苦しそうに云った。

「しかし急にそんな事を云うけれど、君だって僕に酒を飲ましてくれたじゃないか」と私はかすれ声で云った。

「そりゃ君が自分の地位があって、自分の力で飲むのだから黙っていた。今は違う」

私は山部が今の窮境に追撃の笞をあげている様な気がして急に腹が立って来た。それから黙って蕎麦をかき込んで、あっけなく別れた。

それももう十年近い昔の事である。

先日山部に送った私の文集の中に、昔の高等学校時代の校長の事を記した一章がある。山部が級長として校長の許《もと》へ受持の先生の事で談判に行って、大喝をくらった話である。それにつき山部がよこした手紙には、校長は酒の中毒で頭が簡単化して、人の話の紆余《うよ》曲折が解らなかったのだ、男らしい人の様に見えたのはアルコホル中毒だったのである、と書いて来た。

まだ酒の事を云っている、忌ま忌ましい男だから、今度会ったら酒に酔払って困らしてやろうかと思う。私も昔の様にそう飲みたいとも思わないし、又沢山も飲めないけれども、業腹《ごうはら》だから明くる日寝込んでも構わないから、飲んでやろうかと考えている。

京都に二ヶ月ばかりいて、いよいよ東京に帰る時、「櫛風沐雨《しっぷうもくう》二百有余日」と云った様な記憶がある。二百余日は何を計算したのか忘れたけれど、「目出度く都に立ち還ります」と云ったら、おあいさんが気の毒そうな顔をして笑ってくれたのを思い出す。

ついこないだ、郷里から上京して来られた中学時分の恩師に会った。二十何年恐らく三十年近く間を隔てておお目にかかったのである。「もういい」と云って盃を措《お》かれるのを、「御老体だから御過ごしになっても大丈夫ですよ」と薦めて銚子を執ったらまた盃をあげられた。いろいろその後の私の身の上を聞かれた時、「先生、櫛風沐雨二十年です」と云いたかったけれども、余り大袈裟《おおげさ》だから差し控えた。その言葉が口に残っているので、文題に擬した。その二十年は夢の様に過ぎたと云いたいけれども、夢にしては余りに寝苦しかった様でもある。

高利貸に就いて

古賀は臺湾《たいわん》で巡査を拝命している当時、蕃地の討伐に行って脚を撃たれたので、ひどい跛《びっこ》になった。その時に貰った一時賜金を持って東京に出て、月給取り相手の高利貸を始めたのだそうである。

私が初めて、古賀と相識ったのは大正八九年の頃である。浅草の厩橋《うまやばし》に近い露地の奥にその家をたずね当てて、来意を告げると、古賀は上り口に出て来て、一方の脚をどたりとそこに投げ出した異様な坐りざまで私に応対した。話しはてきぱきと捗《はかど》り、無用のお愛想もなく、商売人に金を借りるのは気をつかわなくていいものだと私は思った。

二三日後に必要な書類を整えて行くと、今度は座敷に請じた。一方の壁際に大きな祭壇があって、神様の名前を書いた掛軸の前に、お燈明があかあかと点っていた。古賀はその前で柏手《かしわで》を打ってから、私と話しを始めたので不思議な気持がした。こう云う商売をする者には信心家の多い事を、私は後になって外の二三の相手からも知った。

古賀は私がその後何年かの間に知った数人の高利貸の中で、最も悪辣《あくらつ》であり、又自分のそう云う方面を人に隠そうとする様なところもなかった。債鬼である事に自ら任じているらしい風格があった。相手に向かって、こうした方が貴方のお為だとか、そう云う事情ならば考え直そうなどと云う様な挨拶は決してしなかった。自分の思う通りの契約を結び、期限になればその証書の記載に従って仮借するところなく手続を進めると云う風である。口先で紳士つき合いをする様な事を云ったり、あなたの地位を考慮してそれでは特別に御用立てするなどと云いながら、結局こちらを更らに不利益な起《た》ち場に陥れる様な小策を弄する洋服高利貸よりも、いつも丸たん棒の様な杖に利かない方の片脚を託して、道義人情等の生ぬるい挨拶を口に上《の》ぼす事を屑《いさぎよ》しとしない古賀のやり方を私は寧ろ快く思った。

二三年の取引の後、友人の好意でいつ迄もそう云う危険な借金をしていてはいけないからと云うので、整理する事になった。それで私が古賀の許《もと》に出かけて、その事を話して、今までに随分高い利子を払い続けて来たのだから、少しまけてくれと談判した。ところが古賀は耳を仮さないで、自分の方は貸すのが商売なのだから、今返して貰わなくてもいい。まけると云う事は絶対にしないと云い切った。

当時は私は官立学校を二つ兼務し傍ら私立大学にも出講していたので、古賀から見ると恰好な華客であったに違いない。その上に、今溜まっている旧債の整理をつけるだけの金を用意している事が先方に知れたのだから、相手が強硬になるのは当然であったかも知れない。

一体高利貸と云うものは、古賀に限らずだれでも、まけてくれないものである。それは取引の初めの内に、大体元の切れる様な損はしない丈の利益をあげているからであって、それから先は、取れるだけ取るのがこの商売の真髄である。既に自分の方の危険がなくて、今後は取っただけが全部商売の利益になる様な起《た》ち場にいて、まけるなどと云う生やさしい相談に乗る必要はないであろう。

保証人なしの単独の証書を書く場合は、百円について日歩五十銭が普通であるから、一ヶ月の利子十五円、一年借りると、利子だけが百八十円になる。つまり百円借りたら、一年目には元利合わせて二百八十円なければ完済出来ないと云う計算になる。しかし一年間も利子を取らずにそのまま溜めておいてはくれないのみならず、大概利子は二ヶ月又は三ヶ月を区切りにして、その期間中先利《さきり》になっているので、一年たたない間に、元金だけはとっくに高利貸の手に返っているのである。従って自分の方には取引上の危険がなくなっているのだから、それから先は債務者との歩み寄りなどと云う交渉は、一切不要である。もし取れなければそれ迄、しかしそれでも損はない、だから取れるだけ取り立てて仮借しないと云うのは尤《もっと》もな起ち場であると思われる。

そう云う相手に向かって、又そう云う先方の起ち場も十分承知の上で、私は古賀にまけろまけろと談判を続けた。

どう云う風の吹き廻しであったか、最後にそれでは二十五円だけお引きすると云い出したので、近日中にそれだけのお金を纏《まと》めて来る事にして、引き上げた。

私立大学の教授室で友人達にその話をしたところが、その中の法学士が憤慨した。

「そんな馬鹿げた話があるものか。何百円と云う金を耳を揃えて払う際に、たった二十五円そこいら負けて貰って、よろこんで帰るなんかお人が好過ぎる。一体そう云う交渉に自分が出かけると云うのが間違っていますよ。僕にお任せなさい、僕が行って話しをつけて来る」

その翌日、どんな事になったかと思って、返事を聞こうとすると、その友人はぷんぷん腹を立てている。あんな奴はない、あれは鬼です。話しをするのも穢らわしい。僕は怒鳴りつけて帰ってやったと云う話なので、まける話はどうなりましたと聞くと、あいつの様な人でなしに、まけて貰ったりせん方がよろしい。全額返すとそう云い切って帰って来ました。全額たたきつけておやりなさいといきり立った。

それで二十五円ふいになってしまったけれど、そう云う相手なのだから、友人の怒るのも無理はないと思わざるを得なかった。しかし又古賀が撥ねつけたのも当然である。人の起ち場がみんな、高利貸の場合までも一一尤《もっと》もらしく思われるのは、自分が利口だと自負していた為かも知れない。

鬼の冥福

志道山人の晩酌しているところへ、私が顔を出したので、口の軽くなっている山人がいきなり変な話を始めた。

『妻島が死んだと云う事を知らなかったものだから、余計な気を遣って下らない事をしたと思うけれど、何だか少しいやな気持もする。たしかに妻島に違いないと思った。だが、初めの一目でそう思い込んでしまったから、身なりや風態などをはっきり確かめたわけでもない。

俎橋《まないたばし》の川沿いに古ぼけた旅館があって、その軒の外れに大きな柳の樹がある。うすら寒い日だったと思うけれど枝はまだ葉をつけていたのだろう、その下の薄暗くなった蔭に洋服を著《き》た男の姿が這入《はい》った途端に、こっちからその旅館の側の道端を歩いて行った私は、はっと思って起《た》ち止まりかけた。

後から考えて見ると、妻島に会って悪いわけは何もないので、そんなに吃驚するのが可笑《おか》しい。やあ、その後は位の挨拶をして通り過ぎてもいいし、又知らん顔をして擦れ違っても構わない。十年前の旧債は、執拗に何度も何度もやられた差押や転附命令であらかた済んだ後の僅かな残りまで、和議の判決で月賦払いをして綺麗になくなっている。往来で行き会って、顔の合わされぬわけがないのに、妻島が向うから来ると思っただけで、足のすくむ様な気持がしたのは、永年ひどい目に会わされた惰性なのかも知れない。そう考えて見ると、情ない気持もする。一体そう云う貸し借りの関係で、向うの思う儘の条件を、いろいろの強制手段で実行させられた後に、もう借りが無くなったと云う事になった時は、その間に払った利子がどうのこうのと云う程度の話ではなくて、最初に借りた元金の幾倍かが先方の手に納まっているのが普通である。偶然妻島に行き会ったら、その機会をとらえて永い間の悪辣《あくらつ》振りを面罵《めんば》してやってもよかった筈だと、今になってからは考えるけれども、その場の咄嗟の気持はそれどころではなかった。

妻島がその時から半歳も前に、たしか去年の夏初めとかに病死した筈だと云う話を今日初めて聞いて、更めてその日の事を思い合わせて見ると、どうも妙な気持がするのである。幽霊は矢っ張り柳の下に出るものだなどと笑い話にするわけに行かない。それどころでなく、旅館の軒にかぶさる様に垂れた柳の枝振りから、少し黒ずんだ葉っぱの蔭までが、その時は何とも思わなかったのに、後になって思い出すと、ありありと記憶に残っている。つまり動かす事の出来ない点景になっているのだから、私にとっては冗談事ではない。

妻島の前身は中等教員であると云う事を何人かに聞いた様な気がするが、確かな事は知らない。又会って見ても取り立ててそうらしく思われる様な所もなかったけれど、ただ洋服は非常によく似合って、風態から見ると、普通に考える金貸しとか、高利貸とかには見えなかった。家にいる時も洋服を著《き》ているらしく、私が初めて訪ねて行った時などは、夏初めの天気のいい日だったので、風通しのいい縁側に籐椅子を置いて、折り目の立ったズボンで応対した。明けひろげた座敷の床の間に赤いモスリンの琴袋をかぶせた琴が一面たてかけてあるのを見ても、おかしくなかった。若い細君が紅茶をいれて来て、主人の友人をもてなす様な挨拶をするので、自分も何だか金貸しに金を借りている様な気持がしなかった。

その時は、私がその夏の休暇のうちに大部の翻訳をしようと企てて、それに就《つ》いては東京では暑くて駄目だから、どこか涼しい所へ仕事を持って旅行したい、しかしまだ一頁も出来ているわけではないので、本屋と具体的の話を纏《まと》めて、予《あらかじ》め金を貰って出かけると云うわけにも行かないから、その以前から既に商売人の金貸しから金を借りる事を覚えていたので、極く気軽に妻島のところへ出かけて来たのである。仕事が出来たら返せばいいと自分の腹の中で言いわけをつけて、兎《と》に角《かく》一時にまとまった金を手に入れたかったのである。ところが秋になってもその仕事はなんにも出来てはいない、その内に約束の期限が来て、到頭その時借りただけが恐ろしい利子のついた借金になってしまった。仮りに翻訳が思った通りに捗《はかど》って、本屋から金が取れる様になったとしても、仕事の先にそう云う金を借りて置いては、合うわけがないし、又その位の事はその当時でも自分に解っていた筈だけれど、その時はわざとそう云う事を考えない様にして、先《ま》ず欲しくて堪らない金を借りたと云う事になる。

妻島は私の仕事の計画を聞いて、そう云う事には理解のある様な相槌を打ってくれた。それで、今までに識っている二三の金貸しのうちのどれよりも、妻島が感じがよい様に思って帰って来たけれど、後になって見ると、実は一番陰険で悪辣《あくらつ》だったのである。その恨みを今くどくどと話して見ても始まらないが、妻島の最もいけないところは、自分は金貸しである、人からは鬼と云われる商売をやっているのであると云う悟りなり覚悟なりが十分についていない。私の翻訳の話を聞いて、そう云うお仕事の為に今自分の手《て》許《もと》から金をお立替えするのは本懐であると云う様な挨拶をしたが、もっと真剣な、相手の運命をいつでも敲《たた》き潰《つぶ》せる様な条件で行う取引きを、いつでもそう云う外観で取り繕おうとするのである。近頃貰ったらしい自分の細君にさえ、事によると本当の事は十分に知らしてないのではないかと思われる節もあった。なるべく上品に、出来る事なら紳士的態度を失わない様に見せかけて、しかも証書の期限とか、利子の取り立て等には殆んど手段を選ばない。しつこくて、こせこせしていて、こちらから事情を話せば、その場で聞いただけの事実を材料に、すぐ論理をたてて、理窟で拒絶する。相手の云い分を諒解して、或る譲歩を承諾すると云う様な事は決してしなかった。こちらから云えば、恐ろしい強制力のある証書を握られているのだから、待ってくれとか、内金で勘弁してくれとか云うのは、ただ懇願嘆願の一途しかない。それを通してくれるなら、理窟の少少ぐらい聞かされても我慢するが、向うが拒絶する肚なら、証書と云うものがある以上、弁明も説得も無用である筈の話に、妻島はいつでも長長と曲がりくねった理窟を述べたてて、結局嘗《かつ》て一度もこちらの頼みを聴いてくれた試しがない。そう云う冷酷な応対にも、単に証書面を根拠にした拒絶でなく、一通りの理論をたてて相手を退けようとする。そこが矢張り妻島の上品ぶりたい、紳士顔のしたい一面なのだろうと思う。

私は秋になって新学期の始まる前に旅先から帰って来たけれども、前にも云った通り仕事は何も纏《まと》まっていない。出かける前に借りた金は、それから後の月月の学校の俸給の中から返して行かなければならない。利子は高いし、又私の借金は妻島一軒だけでないから、その支払が円滑に行くわけがないので、段段事が六ずかしくなって来た。期限の日に出来ないとすれば、必ずその前日までに連絡をつけておかないと、当日は妻島が何度でもやって来る。それで一一こちらから足を運んで妻島の家までことわりに行くのだけれど、昼間は大概妻島は留守で、細君が玄関に出て来て応対する。ところが金貸しの細君と云うものは、妻島に限らずどこの家でも頼りない返事をするものであって、こちらが何と云っても、ただ、はあはあ、左様《さよう》申し伝えますと云うくらいの事しか云わない。金貸しと云う商売が並一通りでない六ずかしい掛け引きのものだから、うっかり留守居の細君などに口を出さして、何とか取計らう様な事をさせると、後で取り返しのつかぬ行き違いが出来るから、それでどの家でもそう云う事になっているのであろうと思う。

そんな事で私の方から出かけて行って、細君に顔を合わす度数が段段重なっても、細君はいつも硬い顔をして、判で捺した様な受け答えをするばかりであった。嘗て一度もにこりとした事もない。その顔の色艶が次第に褪《あ》せて、いやな感じをする様になり、単に無愛想であると云うだけでなく、何だかとげとげしたところが出て来たと思っていると、その次に行った時には、身体の様子で身持ちである事がはっきり判る様になっていた。

その当時のある期日に、お金は出来ないし、色色惑乱して妻島の方に黙っていたとこ

ろが、朝まだ薄暗いうちに、門の戸をどんどん敲《たた》いて妻島がやって来た。何と云っても
きいてくれない。玄関の上り口に腰をかけて、寝起きのままの私を相手に、いつまでも
私の弁解の矛盾を追窮して止めない。結局お午前《ひるまえ》にもう一度私の奉職している官立学校
に私を訪ねて行くから、それ迄に学校で何とか融通の途を講じておけと云って帰った。
学校に出かけて行ってからお金の工面をすると云う当てがあるわけではなく、妻島の云
う様に同僚から借りる話をするなどと云う事も、そう云う学校では出来るものではない。
しかし、兎《と》に角《かく》何とかして一応帰って貰わなければ、これから出勤する朝の支度をする
事も出来ないので、まあ一通り当たって見ようと云う事にして妻島と分かれた。
　妻島は前にも云った通り、いつも洋服を著て、瀟洒な恰好をしているから、そう云う
男が官立学校の玄関から私を訪ねて来ても、別におかしくはない筈だけれども、私は気
にかかって仕様がなかった。午前中の授業を終って、廊下を伝って教官室に帰って来る
と、入口に給仕が片手に名刺を持って起っていて、こう云う方が只今玄関脇の応接室に
待って居られると云った。妻島数志と云う名刺の字面が、私にはどうしても高利貸特有
の名前に思われて、玄関の受附や給仕に来訪者の用件を知られた様な気がした。
　応接室で会って見ても話しの埒《らち》は明かない。妻島はますます絡まって来るし、私の答
弁は矛盾だらけな事が自分でもよく解った。今朝あれから学校に来て、同僚に話して見

たが、思う様に行かないと云う事にしてあるのだけれど、実はそんな事を何人にも話したわけではないから、私の云う事には腰がない。

「どう云う方にお話しになったのです」

「僕の方の主任教官に相談したのです」

「どうも、おかしいですねえ」

「そう云う話は困ると云われたので、僕も弱ってしまった」

「以前の事には溯《さかのぼ》らない事にして、兎に角目下の話に何とか筋を立てて戴けば、それで私はいい事にするつもりです。しかし、その差し当りの話がちっとも埒が明かない。一体その主任教官と云うのは、貴方をこの学校に世話された方ではないのですか」

「そうなのです」

「そう云う関係の人ならば、今貴方が一身上、身分上の危機に瀕《ひん》していると云う事を聞いて、黙って居られる筈がない。もし万一この金が調達出来なかった暁には、直ちに学校の俸給差押の転附命令を受ける、そうなれば官吏服務規律の成文の上から、貴方の位置にはいられなくなる。そう云う重大な相談を貴方の主任教官が取り合わないと云う事は考えられないですね。お金が出来なければ債権者から強制処分を受けると云う事を貴方はお話しになったのですか」

「いや、そう云う事まで打ち割っては云えません」

「それだから駄目なのです。度度申す事ですけれど、念のためにもう一度はっきり云っておきますが、私はこう云う事を単におどかしに云っているのではありませんよ。自分の権利は飽くまで守る、その為には徹底的の手段を辞しない。今すぐでも私はその方法を執って構わないが、ただ御身分のある貴方にお気の毒だから、親切を以ってこう云うお話しもするのです。どうです。私が直接に主任教官に会って、貴方の事を頼んで、お金を出して貰うように話して上げましょうか」

そう云う事まで云い出すので、私はしまいには返答に窮した。勿論《もちろん》そんな事をせられては困るので、何とか云いつくろい、まだ外にも心当りがないわけではないから、午後学校を終ったらその方を当たって見る。そうして遅くとも夕方までにはきっとこちらから挨拶をすると云ったところが、

「それでは夕方、そうですね、午後六時としましょう、その時刻に私がお宅へ伺う事にします。貴方の方からの御連絡を待っているのでは埒が明かない」

そう云って妻島はやっと応接室の椅子から起ち上がった。

午後の授業を終ってから、校門を出たけれども、何処にも行きどころがない様な気がした。真直に家に帰ってぐずぐずしていれば、六時といったら必ず六時には妻島がやっ

て来る。家には帰れないし、金策の心当りなどもとよりあるわけではない。そう云う時はあてもなく電車に乗って見たり、百貨店の中をぐるぐる歩き廻ったりする。停車場の柵のある所を通りかかると、いつまでもそこに靠《もた》れて、貨車の入れ換えを眺めている。川縁に出て、人が釣りをしていると、次の魚が釣れるまでじっと見物する。のんきな男が釣りをして、もっとのんきな連中がそれを見物する様な事を世間でよく云うけれども、それは人の気を知らない者の言い草である。小僧や若い衆などが、わざわざ自転車から降りて、釣りをする人の浮標を眺めているのは、大概一寸《ちょっと》した遣い込みか何かの尻拭いに屈託しているのだろうと私は思う。寄席や活動写真のお客の幾割かもきっとそう云う連中に違いない。私なども、方方ほっつき廻って、もう何処にも行くところがない様な気持になると、別に見たくも聴きたくもないそう云う所に這入るのである。

その日はどこをぶらついたか、どうしたか覚えていないけれど、夕方になって、六時が近くなるといらいらした気持が高じて、どこか道端を歩きながら、頻《しき》りに独り言を云った。その声が段段大きくなって、たまには擦れ違った人が振り返って顔を見たりするので、ますますいらついて来た。それから思いついて、二三度行った事のあるおでん屋へ行って、随分酒を飲んだらしい。亭主やお神さんを相手に、いろんな事を饒舌《しゃべ》り散らした挙げ句に、表に出たら足がふらふらするので、俥《くるま》に乗って家に帰った。

たった今、何度目かに妻島が来て帰ったばかりだと家の者が云った。最初に正六時に来て、それから一時間おきぐらいに何遍でもやって来て、今、もうこれが最後だと云って帰ったそうである。人との約束を無視してこう云う風に誠意がないのだから、もう容赦しない、明朝早早学校の方に手続をするから、そう伝えてくれと云うので、いろいろ頼んだけれど、どうしても私に会わない以上は猶予しないと云い切ったと云う話であった。その時は多分もう十一時頃で、遅くはあるし、酔ってもいるので、そんな事なんかもうどうでもいい様な気がする一方に、何だか、この儘に、ほうっては置かれないと云う不安が段段はっきりして来だした。そこへ家の者が総がかりで、何とか私から一こと挨拶しておかないと、取り返しのつかぬ事になりそうだから、退儀でも一寸妻島の家まで顔を出して来てくれと、あんまりみんなで云うものだから、私もまたその気になって、帰ったまま玄関を上がらずに、その足でまた駒込の奥の妻島の家に出かけて行った。

十一月末の寒い夜で、暗い空に風がぴゅうぴゅう吹いていた。露地の中程にある妻島の門燈が消えている。足許の暗い踏み石の上で身震いをした。恐ろしく寒くて、歯の根ががたがた鳴る様であった。門は開いているのに玄関の戸が締まっていた。幾ら呼んでも中で返事をしない。

黙って玄関の戸を破れる様に敲《たた》いたら、奥の方で、

「は、はい」と云う女の声がして、間の襖《ふすま》を開けるらしい音がした。

足音が玄関に近づき、土間に下りる下駄の音がして、ことこと桟を上げる物音がした。先《ま》ず内側の格子を開けて、それから雨戸をほんの五六寸開けた途端に、戸の内側で何だか意味の解らぬ声がしたと思ったら、内側の人影があわてて玄関の間に馳け上がって、奥の方に逃げて行ったらしい。こちらも驚いて、今開いたばかりの戸の隙から鼻を突込む様にして見ると、もう見た目が気の毒な程にお腹の大きくなっている細君が、玄関から突き当りに見える次の間の右側の襖をあわてて開けたので、その隣りの部屋に行くのかと思うと、そこは押入れで、棚があって上の段に赤い布団の耳が見えている。その下の段のどこか隙のある所に細君は這い込んで、内側から襖を締めてしまった。

細君が何か誤解したのだろうと云う事だけは解っても、私の頭も余りはっきりしていないので、それ以上の事を判断する事が出来なかった。いくらこちらから呼んで見ても何の返事もない。私の声はしゃがれて、無理に絞り出しても上顎でかすれて消える様な気がした。面白くないのに飲み過ごした酒の酔が一時にさめかけて、咽喉《のど》の奥がざらざらしている。自分の声が自分でも無気味に思われた位だから、いくら私の名前を云って、一寸出て来てくれと呼び続けても、相手にはますます変に思われるばかりであったろうと思う。

家の中の様子で、妻島がまだ帰っていない事と、細君が何か私の訪問に非常におびえた事だけは判ったが、何と云っても、それっきり押入れの中から出て来ないので、仕方がないから、名刺の裏に鉛筆で、今晩お訪ねしたけれど又更《あらた》めて明日御挨拶するから、どうかそれまで手続を履《ふ》む事だけは待ってくれと走り書きして帰って来た。

夜更けの町を歩いていると、急に何だか気が軽くなった様な気持になって、鼻唄がひとりでに口に出て来た事を覚えている。

その時の事は、後になってからも妻島も余り話したくない様であった。身持の細君に私の顔が鬼に見えたか蛇《じゃ》に見えたか、そんな事は私の知った事ではない。常常気にしている自分の御亭主の姿が、深夜云いわけに来た男の影に乗り移ったまでの事であろうと思う。

その時の行きさつは、どう云う結末に終ったか、今はっきり覚えていないが、妻島との交渉がそこで断絶したのでないだけは確かである。いずれはどこかで私が不義理な借金を重ねて、一時の急場を切り抜けたに違いない。人間が落ち目になって来ると、そう云う羽目に陥っては又もぐり抜けたかと思うと、矢っ張りもとの所に返って来る。いよいよ周囲の者から見放される所まで落ちて行く間には、何遍でも同じ事を繰り返すものだから、そう一一の場合を記憶していられるものではない。

そんな事をしている内に、段段身のまわりが狭くなって、もう何処にも顔出しが出来ない程の無理が重なった。そうなって来ると、田舎に少しでもかかり合いのある者はだれでも思いつく事なのだが、私もその轍《てつ》を踏んで、学校の方は神経衰弱の療養と云う名目で或る期間の欠勤の諒解をもとめ、債権者達の方には負債整理に充てる金を調達して来た上で、相当の筋を立てるから、それまで今の儘で待っていてくれと云う休戦の申入れをして、郷里に出かけて行ったが、勿論《もちろん》こちらの思う様に運ぶ筈もない。段段日が延びて、二月ぐらいも東京を空けていたかも知れない。大分ぽかぽかと春めきかけた時分になって、ほんの一部分だけれど、それだけでも早く持って帰って、話をつけられる相手には交渉を始めた方がよいと思われる程度の金が出来たので、一先《ひとま》ず東京に帰る事にした。

しかし東京には帰っても、自分の家に戻る事は不得策である。数人の八釜しい債権者のうちの一人か二人かに話をつけようと思うのだから、もし私が自分の家に帰っている事が全部の者に知れ渡ったら、収拾する事の出来ない結果になる。それで私は東京駅からすぐに本郷の方に俥《くるま》を廻して、大学前の或る旅館に旅装を解いた。

そこで暮らした幾日かの宿屋生活は、私の長い貧苦の間の極楽であったかも知れない。身のまわりに不自由はなく、お金は相当に持っている。これから交渉する高利貸との談判によっては、向うの出様如何《いかん》で五十円や百円の金はすぐに浮くのである。これこれの金で棒引きにしてくれるなら、今すぐ耳をそろえると云う掛け合いはそう六ずかしい話でもない。だから宿屋の勘定を三円五円と切り詰める必要もない様な気がしたので、私はその何日間殿様暮らしをした様なものである。

尤《もっと》も極楽日和ばかりが続いたわけではない。ひどい目にも会った。妻島はもともとそう云う話に乗って、それでは何ヶ月溜っているこれこれの利子は負けるから、などと云う解った話しをする男でない事は初めから承知しているので、その時の交渉の相手には入れてなかったのだが、今一人、いつもがんがん八釜しい事ばかり云う癖に、案外話しの解ってくれる金貸しがいたので、先《ま》ずそいつから談判を始めようと思って、宿屋からその家に電話をかけて、こちらの居所を明らかにした。都合を打ち合わせた上で会って話そうと思ったところが、それが私の見当違いで、すっかり向うを怒らしてしまった。前の晩に電話をかけた時は、本人がいなかったので、家の人に言伝をしておいたのだが、翌朝私がまだ宿屋のふかふかした布団の中で、うつらうつらしている枕許《まくらもと》の卓上電話がうるさく鳴り出したから、寝床の中から手を伸ばして受話器を布団の中に引っ張り込み、腹這いになって返事をすると、いきなり耳の張り裂ける様な怒号が飛び出して、堤を決した様な勢で私が家を空けている不信を責め出した。こちらの説明も弁解も何も聞いてくれない。その声が段段大きくなって来るので、私は辺りを憚《はばか》って、受話器を丹前の袖で包む様にしたけれど、考えて見ると、こんな大きな声で怒鳴るのでは、きっと帳場の接続の所でも漏れているに違いない。先方の云っている事が番頭や女中に聞こえたら私の旦那顔も台なしである。私は寝床の枕の陰に受話器を押さえつける様にして、冷汗をかいた。

そう云う目にもあったけれど、それもこちらが借金しているのだから仕方がない。自分で気にしたらきりがないから、まあいい加減のところでそう云う事には蓋をした気持になって、何食わぬ顔をして起きてから窓を開けて見ると、狭い庭の日向になっている樹の枝に、何の花だか知らないが、白い莟《つぼみ》が今にも綻《ほころ》びそうにふくらんでいる。空も美しいし表通を馳っている電車の音も長閑《のどか》である。どこかへぶらぶら出て歩きたい様な気がするけれど、そうは行かない。昼日中往来で何人に会わないとも限らない。借金の筋だけでなく、学校関係の者に顔を見られても云いわけに困るのである。うっかり宿屋から出かけるわけには行かなかった。

宿屋で一日が暮れて、そろそろ夕飯のお膳が出かかる時刻に、私が何の気もなく入口の襖《ふすま》を開けて廊下に出ようとする目の前を、すれすれに通り過ぎた男があった。その途端に私は後に退って、襖を閉め切ろうとした。向うでは一足二足前を通り過ぎていたので、私に気がつかなかったらしいが、紛れもない妻島なのである。いつもの通りに洋服を著て、小脇に折鞄を抱えていた。

その後影が廊下を曲がって見えなくなった後まで、私は胸がどきどきして止まなかった。私の東京に帰っている事が、今妻島に知られては何をされるか知れない。ほんの一瞬の差で顔を見られずに済んだけれど、どう云う用事で来たのか知らないが、この宿に私が隠れているのも安全ではなさそうである。夕飯の膳を運んで来た女中に、それとなく聞いて見たら不思議な事を云い出した。

「さあ、お名前は存じませんけれど、その方でしたら、きっとその筋向いのお部屋の女の方のところに入らしたので御座いましょう」

「しょっちゅう来るのかい」

「大概毎日お見えになる様で御座います。時時はこちらでお風呂を召したり御飯を召し上がったりしてお帰りになります」

「女のお客様と云うのは、どう云う人だい」

「よく存じませんけれど、何でも芸妓衆の様ですわ。紀州のどこかの町の方だとか申して居りました。初めは男の方と御一緒に入らしたのですけれど、翌日から男の方はこちらのお宅にお帰りになった様ですわ」

「驚いたなあ、それから毎日やって来るのかい」

「ほほほ、まあ旦那様のお知り合いで御座いますの」

「黙ってろよ、僕の事を云っては困るよ」

妻島が田舎から芸妓を連れて来て、旅館に泊まらして置くなどと云う事は奇想天外である。きっと差押とか担保とか云う用件で出かけた旅先で、そう云う因縁をつくったに違いないが、妻島と云う人柄から、どうしても二人の喋喋喃喃《ちょうちょうなんなん》を想像する事は出来ない。私が見つかっては困る以上に、妻島がその部屋から出るところへ私が顔を出したら、あわてるだろうと考えたら、さっきのひやりとした気持はどこかに消えて、何だか悪戯でもしてやりたい様な、面白い気持になった。

しかし向うの事は向うの勝手で、私の知った事ではない。万一この宿で妻島に顔を合わせる事が起これば、困るのは矢張り私である。妻島が出這入《ではい》りするからと云って、急に旅館をかわるのは億劫《おっくう》でもあり、又今の旅館から連絡を執って交渉を進めている一二の相手にも工合が悪い。それで私はなるべく自分の部屋から外に出ない様に、廊下を歩く時は後先に気を配って、息を殺した様な気持で幾日かを過ごした。

その妻島と女とに、それから二三日後の夜ぱったり顔を合わす様な事になったのは、私の不注意でもあるけれど、妻島の方でも考が足りなかったのである。恐らく、その晩の汽車で女が田舎に帰ると云う事になって、それを送って行く途中、一寸《ちょっと》本郷通の洋食屋に立ち寄ったところであったろうと思う。私は宿のお膳で晩酌をした後が、いつになく廻りがよくて、何となく物足りなかった。じっとしていられない様な気持で、夜ではあるし、一寸ぐらいそこの通まで出て見ても構うものかと、酒のお蔭で大胆になったものと見えて、宿の縕袍《どてら》を著たまま出かけて行った。昔の学生時分からの馴染の西洋料理屋に這入って階下の卓子でウィスキーを随分飲んだらしい。これはお珍らしいとか、お上りさんの様な恰好で、どちらから入らっしゃいましたかなどと云う勘定場の爺さんのお愛想を相手に、どの位時間を過ごしたか自分では解らない。目の先がくらくらして、向うの鏡を嵌《は》め込んだ壁がこちらへかぶさる様に乗り出して来たり、又すうと向うの方へ遠退いて、その途端に自分が前にのめりそうになるから、あわてて卓子の縁につかまったりしているところへ、何人かお客が這入って来た事は知っている。

妻島は女を連れて、私の後を通って筋向いの卓子に、一たん腰を下ろしたらしい。丁度私と顔が真向きに会ったので、先に向うではっとしたに違いない。一通りは私は東京にいないものと思っていたであろうし、又私の風態が妻島の判断を混惑させたと思われる。じろじろと人の顔を見据えた挙句に、今掛けたばかりの椅子から、猛然と云う様な勢で起《た》ち上がって来た。私はその時分になって、相手は妻島だと云う事が、やっとはっきりしたらしい。同時に、いくら酔っていても、はっとして、もやもやした頭の奥にどこか硬い冷たい物が出来た様な気がした。「これは、おかしい」と妻島が云った様であった。「おかしいですね、どうも」そう云って妻島がじりじりと私に迫って来た。

「やあ、今日は」と私が云った。

「今日はじゃありませんよ、貴方は東京にいたのですか」

「いますね、御覧の通り」

「それで済みますか」

酔っているので、後先の判断はつかないが、私がひどく追窮されている事は感じる。それで困ると云う切実な気持は余りないけれど、勘定場の爺さんや給仕女にきまりが悪いと云う気がかりは真剣に思われた。何とかそれを取り繕わなければならない。

「まあお掛けなさい」

妻島がどことなく、ぶるぶるして、ふるえている様に私に思われた。

「酔っていられる様だから、今お話ししても仕様がないが」

「まあいいですよ。そんな事は」

「どうも、おかしいとは思っていた」

それで妻島が独り言の様な事を云った後の気勢が、どういうわけだか少し挫けた様に思われると、私は酔っ払いのふてぶてしさで、急に相手にのし掛かりたくなった。

「妻島さん、毎日お通いで大変ですね」

「何ですって」

「僕は祝福していますよ」

気持がゆるみかけて、にやにやしている私を、飛び上がらせる様な音をたてて、妻島が卓子の面を拳《こぶし》で敲《たた》いた。

「はっきりと話をつけて戴きましょう」

その拍子に私が立ち上がって、それから椅子の脚に躓《つまず》いて倒れるまで何かしたか、起つと同時にのめったのか、その前後の事はよく解らない。その当時まだ珍らしかった自動車を呼んで貰って、東京に著《つ》いてから何日目かに初めて私の家に帰って来た。子供達の寝ている枕許《まくらもと》を通って、自分の部屋の机にぐらぐらする身体を靠《もた》らして、声を放って泣いた事を覚えている。何がどうなって悲しくなったと云う筋を立てる事も出来ない。しかし当時の事を考えて見て、無理もなかったと自分をいたわる気持が今でも私の心の奥底にある。

金貸しとの悪い因縁はどの相手にもあるけれど、妻島の様なのは外になかった。十何年過ぎ去った今思い出しても、いい気持がしないのである。妻島が今までの商売を続けていながら陋巷《ろうこう》に窮死して、後の始末をして見たら、お金と云うものは一文もなかったと云う話は私に一つの感慨を与える。妻島は決して自分のやった手続に粗漏のある様な間抜けではないから、死んだ後にもきっと相当の債権は遺っていたに違いない。ところがそれはみんな無理な条件や契約で成立したものであるから、本人が死んだとなると、理窟の上では立派に有効である筈のものが、反古《ほご》同然になった事も想像する事が出来る。私との関係は、初めにも云った通り、今ここに一一挙げるのも煩わしい程の執拗な方法で、きれいに全部持って行かれた後だから、私の方には何の気がかりもない筈だけれど、向うの起《た》ち場で私の事をどう云う風に考えていたか、そこまでは私には解らない。そんな事を云うのは俎橋の旅館の前に妻島の幽霊が出た事をいつまでも本気で話す様に聞かれるかも知れないが、そうでなくても妻島と云う男の事は忘れられないのである。死んだ後の細君や子供が忽《たちま》ちその日の暮らしにも困る状態だと云う話を聞くと、つい考え込む様な気持になる。いつかの風の吹く夜更に私の訪問に驚いて、押入れの中に這い込んだ細君の顔も薄薄思い出す事が出来る。子供の顔は丸で知らないが、妻島の子供だって幼い者は可愛いにきまっている。そう云う後後に残る可愛い者の事を考えながら、妻島がどんな顔をして死んだかと想像して見ると、生前の商売は商売として、気の毒に堪えないとも思うし、同時に何だか無気味な聯想《れんそう》もある。死んだ後まで私共の目の前にその俤《おもかげ》が浮かび出るだけの妄執があったと云えばあったらしく思われるのは、一体妻島に限らず、ああ云う商売をしている連中はお金と云う物を一つの固定観念で取り扱っているので、約束の上に建てた債権債務に常人の考えられない程の信頼を託して、証書面の数字を金の実相だと考えている。それが大変な間違いである事は、妻島の死んだ後の噂を聞いても今更に思い当たるのである。百鬼園《ひゃっきえん》と云う男は金は物質でなくて、現象であるなどと云う説を立てているそうだが、そんな間違った話はないのである。金と云うものは、我我の六つの感覚のうちの、ただ触覚によってのみ実在を認識する事の出来る物質である。早い話が単にお金を数える音を聞いたとか、もっと面倒な関係で云えば、いつ幾日これこれのお金を調達すると云う人の約束を聞いたとか云うだけで、決してそのお金が自分の物であると云う事は云われない。目で見ただけでも駄目、においなどは勿論《もちろん》問題でない。ただ自分の手に触れた時以後に初めてお金がお金になる。握って見なければ、などと云う通り一遍の話をしているのではない。私の云う事が納得出来なければ、その内にいつかは成程と思う事もあるに違いないから、まあ、酒の上の話にこだわらないで、もう一杯飲みたまえ。今晩は妻島の事が頭にこびりついて、もうよそうと思う後から、つい又下らない事を考える。さっきから襟のまわりが寒くなる様な気がして仕様がないので、こんなに盃を重ねてしまった。そんな変な顔をしないで、さあもう一杯、いやでなかったら、私と一緒に杯を挙げて、妻島の冥福を祈ろう。』

志道山人の長話を聞かされて私は起《た》つにも起たれず、帰りそびれてうんざりした。

初出（初刊）一覧

夏の鼻風邪　「新日本」昭和一三年一一月号（『鬼苑横談』昭和一四年二月、新潮社）
俸給　掲載誌不詳（『続百鬼園随筆』昭和九年五月、三笠書房）
質屋　「時事新報」昭和一〇年一〇月九日（『有頂天』昭和一一年七月、中央公論社）
秋宵鬼哭　「文藝」昭和九年一一月号（『鶴』昭和一〇年二月、三笠書房）
百鬼園旧套　「東炎」昭和一一年一〇月号（『北溟』昭和一二年一二月、小山書店）
風燭記　掲載誌不詳（『続百鬼園随筆』）
炉前散語　「改造」昭和一一年一月号（『有頂天』）
御時勢　「大阪朝日新聞」昭和一〇年六月二九日（『凸凹道』昭和一〇年一〇月、三笠書房）
売り喰い　「時事新報」昭和一一年一〇月三日（『北溟』）
志道山人夜話　掲載誌不詳（『凸凹道』）

金の縁　「都新聞」昭和一三年六月二五日（『鬼苑横談』）
砂利場大将　「時事新報」昭和九年六月二七日（『無絃琴』昭和九年一〇月、中央公論社）
錬金術　「読売新聞」昭和一二年一一月二〇日（『丘の橋』昭和一三年六月、新潮社）
書物の差押　「東京日日新聞」昭和一三年四月二七日（『鬼苑横談』）
胸算用　「東京日日新聞」昭和一二年四月一四日（『随筆新雨』昭和一二年一〇月、小山書店）
揚足取り　「名古屋新聞」昭和一一年三月二三日（『有頂天』）
布哇の弗　「中央公論」昭和一四年七月号（『菊の雨』昭和一四年一〇月、新潮社）
鬼苑道話　「文藝春秋」昭和一二年一〇月号（『丘の橋』）
雑木林　「都新聞」昭和一一年一一月一四、一五日（『北溟』）
百円札　「改造」昭和一四年一〇月号（『菊の雨』）
二銭紀　「中央公論」昭和一二年五月号（『随筆新雨』）
他生の縁　「新潮」昭和一〇年七月号（『凸凹道』）
濡れ衣　「維新」昭和一〇年一月号（『鶴』）
大晦日　初出誌不詳（『続百鬼園随筆』）
歳末無題　「改造」昭和一一年一二月号（『北溟』）

吸い殻　「スキート」昭和一七年九月号（『戻り道』昭和一九年七月、青磁社）
払い残り　「共同通信」昭和二五年七月五日（『鬼園の琴』昭和二七年一月、三笠書房）
年頭の債鬼　「アサヒグラフ」昭和一七年一月七日（『沖の稲妻』昭和一七年一一月、新潮社）
迎春の辞　初出誌不詳（『有頂天』）
大人片伝　「中央公論」昭和七年一二月号（『百鬼園随筆』昭和八年一〇月、三笠書房）
無恒債者無恒心　「週刊朝日」昭和八年四月一日号（『百鬼園随筆』）
百鬼園新装　「文学時代」昭和五年一月号（『百鬼園随筆』）
黄牛　初出誌不詳（『続百鬼園随筆』）
可可貧の記　初出誌不詳（『凸凹道』）
貧凍の記　初出誌不詳（『鶴』）
櫛風沐雨　「中央公論」昭和一〇年五月号（『凸凹道』）
高利貸に就いて　「中央公論」昭和一〇年一一月号（『有頂天』）
鬼の冥福　「サンデー毎日」昭和一一年三月特別号（『有頂天』）

解説

町田康

道を歩いていて前から来た人に出し抜けに、「私はこれから文学をやろうと思います。つきましては教えてください。なにをどう書けば文学になるのですか?」と問われたらどうする。

もちろん、走って逃げる。逃げるけれども、じゃあ逃げたからといってそれでお終《しま》いかというとそんなことはなく、その奇妙な御仁からはなんとか逃げ果せたが、その問いがいつまでも心に引きかかる。生活のための仕事をしていてもその問いが頭のうちに響く。

あんまり響くものだから仕事に集中できず、それでやむを得ない、貧乏になって暮らしが立ち行かなくなるのを承知でその問いに向き合った。

「いったいなにをどう書けば文学なのか」

で、暫《しばら》く考えて思ったのは、人間かな……、ということで、海老や蟹、或いは植栽などについて詳細に記述するより、人間のことを書いた方がより文学的ではないか、それが証拠に自分がこれまで読んできて、感動した、心を動かされた、と思う小説など文学作品の殆どが数少ない例外を除いて、人間を描いていた、と思ったのである。

なぜ、そうなるのか。

それは思うに人間には感情が、それもかなり複雑な感情があるからだろう。人を好きだと思う感情。反対に憎いと思う感情。かと思えば可愛さ余って憎さ百倍、という裏腹な感情があり、坊主憎けりゃ袈裟《けさ》まで憎い、という理不尽な感情も確かに存在する。もちろん葱《ねぎ》が生長する過程において、あー、太陽に当たって嬉しいなー、という感情を持ったり、寿司屋の水槽のなかで海老が、くそうシマアジぶっ殺す、という感情を抱かないとは限らないが、それは根拠のない推測に過ぎず、説得力を欠く。

というと他人の感情を描くのだって推測の域を出ないのではないか、と思われるが、そこはやはり同じ人間、身体のつくりが同じなうえ、歴史や文化や言語を共有しているので、優れた文学者であればかなり正確にこれを描くことができるはずなのである。

だからこそ私たちは文学作品を読んで共感を覚え、感動する。

だから、人間の感情乃《すなわ》ち内面を描けば文学になるのである。

と、結論を出して、いろいろ考えて疲れたのでパン食でもしようかなー、と思うと同時に、待てよ、果たしてそうだろうか、という疑念が浮かぶ。

というのは、同じ人間が人間を能《よ》く描き得るだろうか。やはり、なにかを描く場合、それをより高い次元から観察する必要があるが、人間である以上、同じ地平に立っているので無理なのではないか、という疑念である。

これに対しては作家がなんと答えるかというと、「あ、そこは大丈夫っす。なぜなら私ら、ドローンを持ってっから」と答える。「なんすか、それ」と問うと、「言葉の力で飛ぶ、文章というドローンです」

と言う。成る程な、と思う。確かにそうやって高いところに飛ぶと、全体のことや、天上のことがよく見え、愛とは？　神とは？　そしてそもそも人間とはなんぞいや、といったようなことがよくわかるようになる。そして、そうした視点から人類の抱える根源的な問題、すなわちなぜ人は互いに愛し、憎みあうのか。なぜ愚かな戦争を繰り返すのか。そしてその結果、民衆は苦しまなければならないのか、といった諸問題から、人々を救済し、魂の平安、安らぎへと導く、素晴らしき文学作品がスルスルと生まれ出てくる。人々は随喜《ずいき》してこれを読む。作者はドローンの上から微笑んでこれを見守っている。

ということで非常によいと思うのだが、問題がひとつあるのは、しかしそれでも、そうした崇高な感情とは別に、低次元な問題が地上にはたくさんあって、そうした雑多で低俗な問題に人々は日々悩み苦しみ、ヤケクソになって暴れ散らしているという問題である。

そこで人々は、文学者に、そうした問題についても言及するように依頼するかというと、しない。なぜならそんなくだらない問題を、身体を持つ人間でありながら半ばは天上の住人のようになってしまった文学者に問題提起するのは門違《かどちが》いと心得ているからである。

それで人間にとってかなり重要な問題で、人間に深甚《しんじん》な影響を及ぼしていながら、それが陳腐愚劣《ちんぷぐれつ》、低俗で雅《みやび》でない、という理由で放置されている問題が相当数あって、それを描かぬ以上、文学は人間のすべての感情と内面を描いていないのではないか、と思われる。

実は文学者もそのことに気がついていて、これまで幾度もそのことを描こうとしてきた。

しかしギリギリのところで崇高な思想や主義や魂の救済や虚無的で道楽的な愛好などに逃げて不徹底であった。

じゃあ駄目なのか。文学で人間のすべての感情を描くことはできないのか、というとそんなことはない。ひとつだけ方法がある。そしてそれはごく簡単で、どうすればよいのかというと、銭カネというフィルターを通して人間を見ればよいのである。

というのは経済小説を書けと言っている訳では勿論なく、神が発する光が人類を遍《あまね》く照らすとすれば、同じく銭の光もまた遍く人間を照らす。

と言うと、なにを仰っているのか、と思われるかも知れないが、嘘だと思し召したのであれば自分の身の回りをつくづくとうち眺めてみればよい。なにひとつとして銭というフィルターを通過せずにやってきたものがないということがわかるだろう。

人間もまた然《しか》り。普遍と言われる思想も主義も時代とともに大きく変わる。けれども銭は、銭だけは変わらない。暗黒と言われた時代も科学の発達した現代も人々は銭を欲しがり銭を尊び、銭に泣き、銭に狂う。下手をすれば人間にとって銭は神以上の存在なのかも知れない。しかも神は遥かな天の彼方あるいは心の奥の奥にあってまず手が届かないが、銭は懐《ふところ》にあって身近で、これを使わぬ手はない。

ところがその銭に対して文学者は冷淡で、はっ、銭か。みたいな態度を取る。なぜか。それはやはり、銭のことばかり言っているよりは崇高な魂とか真実の愛とか言っていた方が、かしこい立派な人、と思われ、うまくいけば美しい女性の読者が訪ねてきて、「内弟子にしてください」とか言うかも、と思うからである。

だからこの唯一にして単簡なこの方式を採用する者は少なかった。というか二人しかいなかった。

そのうちの一人が元禄時代に活躍した井原西鶴《いはらさいかく》という人で、この人は、『世間胸算用《せけんむねさんよう》』という小説に大晦日《おおみそか》に掛け取りに来る人、来られる人、大晦日その日の世間の様子を活写して、銭の前で平等な人間の姿を文章に現し評判をとった。ということは銭が儲かるということで、ならば当然、類似品を拵《こしら》えて柳の下を狙う人が出てきたはずだが、いまに残るものは少ない。

というのは勿論、井原西鶴ほどの才がなかったからだろうが、その心の内に、「やはり銭などという愚劣なものではなく、諧謔《かいぎゃく》のうちにも、歴史観や高邁《こうまい》な思想が垣間見えるものが書きたい。そしてそれが評価されて要職につくとかいろんな会議に呼ばれるとかしたい。それが無理なら、骨のある奴と思われて身内の評価を得て反体制文化人としての地位を確立したい。そして女に持てたい」という精神があったのかも知れない。

そして明治になって、日本も西洋みたいな小説書かなあかんで、ということになった頃より、この精神重視主義またはええかっこしい主義がますます熾《さかん》になって、銭を通して人間を見るような人はもはやおらなくなったが、ここに二人目が出てきて本になったのが、そう、内田百閒の『大貧帳』である。

金がすべての世の中で金がないのは首がないのと同じことみたいな世の中で、金がまったくないのに超然としてその様を面白がる様子は、昭和の終わり頃から平成の初め頃にかけて好景気に沸く世間の片隅で息を詰めて暮らしていたパンク歌手の私にとってバイブルのような、というか経文というか、ネガティヴな気分になる度に読み返し、「金は物質ではなく、現象だ」と嘯《うそぶ》いて精神の安定を得ていたし、大家さんが人のよいのにつけ込んで半年も家賃を払わないでいたときも、百鬼園先生は九か月と言っているからまだ大丈夫、と心を慰める、座右の書だった。

金がなくったってこんな豊かな諧謔の精神を持つことができる。るふふ。と笑って、風の吹き込む四畳半一間に住み、六月に切り餅を焼いて食い、サンダルとティーシャーツとスエットでどこにでも出掛けていって、見かけ上、傲然《ごうぜん》としていたのである。

しかし、ならば、単なる貧乏な人の貧乏の悲哀話、或いはなんでも相対化して悦に入る皮肉な人の貧乏自慢に過ぎないが、銭の前ではすべての人が平等というのはここで、ここでは、金の前で平等なすべてな人が金の前で平等に描かれていて、その様たるや、いろいろあっても最後は仏が出てきてすべてを回収する説話のごとくで、なので、借金に苦しむ人↓苦しめて金利を得る人、という一般的な物語の図式は採用されず、貸す人の人間性が、描かれている、というよりは、銭金というフィルターに濾《こ》されてザラザラと現れ出る、或いは現象としての銭の炎にあぶり出されて現れてきていて、そこのところがたまらなくたまらない。

「英語や最新の技術などを学び、もっとも効率よく稼いで現世で報われる、乃ち勝ち組になって恵まれた人生を送る」「金とパワーが最高やで」なんて生き方に共感できず、さりとて、「こころの時代」「きずな・なかま」「共生社会」なんて言葉にも、「平仮名づかいが鬱陶《うっとう》しい」「共生を強制するの？」なんて思いつつ、しかし、セックス・ドラッグ・ロックンロールで爆走することもならず、英語訛りの語呂合わせもなあ、と思う人はこの漢文訛りの痺れる文章に身をゆだねたら気色よいのではないだろうか。と十年ぶりに読んで思い、もし道を歩いていて冒頭の如き質問を受けた場合は自信を持って、「銭や」と言おうと思い、また仕事もあまりしないようにしよう、と思った。

（まちだ・こう／作家）

本書は『大貧帳　内田百閒集成5』（二〇〇三年二月　ちくま文庫刊）を底本に、新たに編んだアンソロジーです（編者：佐藤聖）。

「大人片伝」「無恒債者無恒心」「百鬼園新装」『百鬼園随筆』（二〇〇二年五月　新潮文庫）所収。

中公文庫

大貧帳《だいひんちょう》

2017年10月25日　初版発行
2022年11月30日　再版発行

著　者　内《うち》田《だ》 百閒《ひゃっけん》

発行者　安 部 順 一

発行所　中央公論新社
〒100-8152　東京都千代田区大手町1-7-1
電話　販売 03-5299-1730　編集 03-5299-1890
URL https://www.chuko.co.jp/

DTP　ハンズ・ミケ
印　刷　三晃印刷
製　本　小泉製本

©2017 Hyakken UCHIDA
Published by CHUOKORON-SHINSHA, INC.
Printed in Japan　ISBN978-4-12-206469-0 C1195

定価はカバーに表示してあります。落丁本・乱丁本はお手数ですが小社販売部宛お送り下さい。送料小社負担にてお取り替えいたします。

●本書の無断複製(コピー)は著作権法上での例外を除き禁じられています。また、代行業者等に依頼してスキャンやデジタル化を行うことは、たとえ個人や家庭内の利用を目的とする場合でも著作権法違反です。

各書目の下段の数字はISBNコードです。978－4－12が省略してあります。

中公文庫既刊より

う-9-4
御馳走帖
内田百閒《ひゃっけん》
朝はミルク、昼はもり蕎麦、夜は山海の珍味に舌鼓をうつ百閒先生の、窮乏時代から知友との会食まで食味の楽しみを綴った名随筆。〈解説〉平山三郎
202693-3

う-9-5
ノラや
内田百閒
ある日行方知れずになった野良猫の子ノラと居つきながらも病死したクルツ。二匹の愛猫にまつわる愛情と機知とに満ちた連作14篇。〈解説〉平山三郎
202784-8

う-9-6
一病息災
内田百閒
持病の発作に恐々としつつも医者の目を盗み麦酒をがぶがぶ……。ご存知百閒先生が、己の病、身体、健康について飄々と綴った随筆を集成したアンソロジー。
204220-9

う-9-7
東京焼盡《しょうじん》
内田百閒
空襲に明け暮れる太平洋戦争末期の日々を、文学の目と現実の目をないまぜつつ綴る日録。詩精神あふれる稀有の東京空襲体験記。
204340-4

う-9-10
阿呆の鳥飼
内田百閒
鶯の鳴き方が悪いと気に病み、漱石山房に文鳥を連れて行く……。『ノラや』の著者が小動物たちとの暮らしを綴る掌篇集。〈解説〉角田光代
206258-0

う-9-12
百鬼園戦後日記Ⅰ
内田百閒
『東京焼盡』の翌日、昭和二十年八月二十二日から二十一年十二月三十一日までを収録。掘立て小屋の暮しを飄然と綴る。〈巻末エッセイ〉谷中安規（全三巻）
206677-9

う-9-13
百鬼園戦後日記Ⅱ
内田百閒
念願の新居完成。焼き出されて以来、三年にわたる小屋暮しは終わる。昭和二十二年一月一日から二十三年五月三十一日までを収録。〈巻末エッセイ〉高原四郎
206691-5

う-9-14
百鬼園戦後日記Ⅲ
内田百閒
自宅へ客を招き九晩かけて還暦を祝う。昭和二十三年六月一日から二十四年十二月三十一日まで。索引付。〈巻末エッセイ〉平山三郎・中村武志〈解説〉佐伯泰英
206704-2

う-9-15
追懐の筆 百鬼園追悼文集
内田百閒
夏目漱石、芥川龍之介ら文学者から、親友・宮城道雄、学生、飼猫クルツまで。哀惜をこめてその死を悼み、思い出を綴る。文庫オリジナル。〈解説〉森まゆみ
207028-8

う-9-16
蓬萊島余談 台湾・客船紀行集
内田百閒
台湾へもう一度行き度くて夢に見る様である――友人に招かれ鉄路で縦断した台湾をはじめ、日本郵船での太平洋戦争直前の客船紀行を集成。〈解説〉川本三郎
207165-0

ひ-37-1
実歴阿房列車先生
平山三郎
阿房列車の同行者〈ヒマラヤ山系〉にして国鉄職員だった著者が内田百閒の旅と日常を綴った好エッセイ。人物像を伝えるエピソード満載。〈解説〉酒井順子
206639-7

ひ-37-2
百鬼園先生雑記帳 附・百閒書簡註解
平山三郎
「百閒先生日暦」「『冥途』の周辺」ほか阿房列車でお馴染み〈ヒマラヤ山系〉による随筆と秘蔵書簡への詳細な註解。百鬼園文学の副読本。〈解説〉田村隆一
206843-8

あ-13-4
お早く御乗車ねがいます
阿川弘之
にせ車掌体験記、日米汽車くらべなど、日本のみならず世界中の鉄道に詳しい著者が昭和三三年に刊行した鉄道エッセイ集が初の文庫化。〈解説〉関川夏央
205537-7

あ-13-5
空旅・船旅・汽車の旅
阿川弘之
鉄道のみならず、自動車・飛行機・船と、乗り物全般に並々ならぬ好奇心を燃やす著者。高度成長期前夜の交通文化が生き生きとした筆致で甦る。〈解説〉関川夏央
206053-1

あ-13-6
食味風々録
阿川弘之
生まれて初めて食べたチーズ、向田邦子との美味談義、海軍時代の食事話など、多彩な料理と交友を綴る、自叙伝的食随筆。〈巻末対談〉阿川佐和子〈解説〉奥本大三郎
206156-9

各書目の下段の数字はISBNコードです。978－4－12が省略してあります。

あ-13-8	完全版 南蛮阿房列車（上）	阿川弘之	北杜夫ら珍友・奇人を道連れに、異国の鉄道を乗りまくる。ユーモアと臨場感が満載の鉄道紀行。上巻は「欧州畸人特急」から「最終オリエント急行」までの十篇。	206519-2
あ-13-9	完全版 南蛮阿房列車（下）	阿川弘之	ただ汽車に乗るためだけに、世界の隅々まで出かけた紀行文学の名作。下巻は「カンガルー阿房列車」から「ピラミッド阿房列車」までの十篇。〈解説〉関川夏央	206520-8
え-22-1	阿呆旅行	江國滋	「百閒文学の熱狂的信者」を自認する著者が、伊勢から長崎、岡山など全国二十四ヵ所をめぐった昭和の旅行記。胸に迫る百閒追悼文を増補。〈解説〉宮脇俊三	207057-8
か-18-7	どくろ杯	金子光晴	『こがね蟲』で詩壇に登場した詩人は、その輝きを残し、夫人と中国に渡る。長い放浪の旅が始まった——青春と詩を描く自伝。〈解説〉中野孝次	204406-7
か-18-8	マレー蘭印紀行	金子光晴	昭和初年、夫人三千代とともに流浪する詩人の旅はいつ果てるともなくつづく。東南アジアの自然の色彩と生きるものの営為を描く。〈解説〉松本亮	204448-7
か-18-9	ねむれ巴里	金子光晴	深い傷心を抱きつつ、夫人三千代と日本を脱出した詩人はヨーロッパをあてどなく流浪する。『どくろ杯』につづく自伝第二部。〈解説〉中野孝次	204541-5
か-18-10	西ひがし	金子光晴	暗い時代を予感しながら、喧噪渦巻く東南アジアにさまよう詩人の終りのない旅。『どくろ杯』『ねむれ巴里』につづく放浪の自伝。〈解説〉中野孝次	204952-9
か-18-14	マレーの感傷 金子光晴初期紀行拾遺	金子光晴	中国、南洋から欧州へ。詩人の流浪の旅を当時の雑誌掲載作品や手帳などから編集する。晩年の自伝三部作へ連なる原石的作品集。〈解説〉鈴村和成	206444-7

か-18-15
相棒
金子光晴　森三千代
放浪詩人とその妻、二人三脚的自選ベストエッセイ集。金子の日本論、女性論、森のパリ印象記ほか。全集未収録の夫婦往復書簡を増補。〈巻末エッセイ〉森乾
207064-6

か-18-16
金子光晴を旅する
金子光晴　森三千代 他
上海からパリへ。『どくろ杯』三部作で知られる四年に及ぶ詩人の放浪を、本人の回想と魅せられた21人のエッセイで辿る。初収録作品多数。文庫オリジナル。
207076-9

き-15-17
香港・濁水渓 増補版
邱永漢
戦後まもない香港で、台湾人青年がたくましく生き抜くさまを描いた直木賞受賞作「香港」と、同候補作「濁水渓」を併録。随筆一篇を増補。〈解説〉東山彰良
207058-5

き-15-18
わが青春の台湾　わが青春の香港
邱永漢
台湾、日本、香港――戦中戦後の波瀾に満ちた半生を綴った回想記にして、現代東アジア史の貴重な証言。短篇「密入国者の手記」を特別収録。〈解説〉黒川創
207066-0

さ-80-1
佐藤春夫台湾小説集　女誡扇綺譚
佐藤春夫
廃墟に響く幽霊の声「なぜもっと早くいらっしゃらない？」。台湾でブームを呼ぶ表題作等百年前の台湾旅行に想を得た今こそ新しい九篇。文庫オリジナル。
206917-6

さ-80-2
佐藤春夫中国見聞録　星／南方紀行
佐藤春夫
「日本語で話をしない方がいい。皆、日本人を嫌っているから」――中華民国初期の内戦最前線を行く「南方紀行」、名作「星」など運命のすれ違いを描く九篇。
207078-3

う-37-1
怠惰の美徳
梅崎春生　荻原魚雷編
戦後派を代表する作家が、怠け者のまま如何に生きてきたかを綴った随筆と短篇小説を収録。真面目で変でおもしろい、ユーモア溢れる文庫オリジナル作品集。
206540-6

う-37-2
ボロ家の春秋
梅崎春生
直木賞受賞の表題作と「黒い花」をはじめ候補作全四篇に、小説をめぐる随筆を併録した文庫オリジナル作品集。〈巻末エッセイ〉野呂邦暢〈解説〉荻原魚雷
207075-2

各書目の下段の数字はISBNコードです。978－4－12が省略してあります。

う-37-3
カロや 愛猫作品集
梅崎春生
吾輩はカロである――。「猫の話」「カロ三代」ほか飼い猫と家族とのドタバタを描いた小説・随筆を中心に編集した文庫オリジナル作品集。〈解説〉荻原魚雷
207196-4

い-3-11
のりものづくし
池澤夏樹
これまでずいぶんいろいろな乗り物に乗ってきた。地下鉄、バス、カヤックに気球から馬まで。バラエティ豊かな乗り物であっちこっち、愉快痛快うろうろ人生。
206518-5

た-24-3
ほのぼの路線バスの旅
田中小実昌
バスが大好き――。路線バスで東京を出発して東海道を西へ、山陽道をぬけて鹿児島まで。コミさんのノスタルジック・ジャーニー。〈巻末エッセイ〉戌井昭人
206870-4

た-24-4
ほろよい味の旅
田中小実昌
好きなもの――お粥、酎ハイ、バスの旅。「味な話」「酔虎伝」「ほろよい旅日記」からなる、どこまでも自由で楽しい食・酒・旅エッセイ。〈解説〉角田光代
207030-1

た-24-5
ふらふら日記
田中小実昌
自身のルーツである教会を探すも中々たどり着けなくて――。目の前に来た列車に飛び乗り、海外でもバスでふらふら。気ままな旅はつづく。〈解説〉末井 昭
207190-2

た-89-1
雪あかり日記／せせらぎ日記
谷口吉郎
一九三八年、ベルリンに赴任した若き日の建築家。建設総監シュペールとの面会、開戦前夜の市民生活などが透徹な筆致で語られる。〈解説〉堀江敏幸
206210-8

よ-5-8
汽車旅の酒
吉田健一
旅をこよなく愛する文士が美酒と美食を求めて、金沢へ、そして各地へ。ユーモアに満ち、ダンディズムが光る汽車旅エッセイを初集成。〈解説〉長谷川郁夫
206080-7

よ-5-11
酒談義
吉田健一
少しばかり飲むというの程つまらないことはない――。飲み方から各種酒の味、思い出の酒場まで、ユーモラスに綴る究極の酒エッセイ集。文庫オリジナル。
206397-6

よ-5-10
舌鼓ところどころ／私の食物誌
吉田健一

グルマン吉田健一の名を広く知らしめた「舌鼓ところどころ」、全国各地の旨いものを紹介する「私の食物誌」。著者の二大食味随筆を一冊にした待望の決定版。

206409-6

よ-5-9
わが人生処方
吉田健一

独特の人生観を綴った洒脱な文章から名篇「余生の文学」まで。大人の風格漂う人生と読書をめぐる随想集。吉田暁子・松浦寿輝対談を併録。文庫オリジナル。

206421-8

か-2-3
ピカソはほんまに天才か 文学・映画・絵画…
開高　健

ポスター、映画、コマーシャル・フィルム、そして絵画。開高健が一つの時代の類いまれな眼であったことを痛感させるエッセイ42篇。〈解説〉谷沢永一

201813-6

か-2-7
小説家のメニュー
開高　健

ベトナムの戦場でネズミを食い、ブリュッセルの郊外の食堂でチョコレートに驚愕。味の魔力に取り憑かれた作家による世界美味紀行。〈解説〉大岡　玲

204251-3

た-13-9
目まいのする散歩
武田泰淳

歩を進めれば、現在と過去の記憶が響きあい、新たな記憶が甦る……。野間文芸賞受賞作。巻末エッセイ「丈夫な女房はありがたい」などを収めた増補新版。

206637-3

た-13-10
新・東海道五十三次
武田泰淳

妻の運転でたどった五十三次の風景は――。自作解説「東海道五十三次クルマ哲学」、武田花の随筆「うちの車と私」を収録した増補新版。〈解説〉高瀬善夫

206659-5

た-15-5
日日雑記
武田百合子

天性の無垢な芸術者が、身辺の出来事や日日の想いを、時には繊細な感性で、時には大胆な発想で、心の赴くままに綴ったエッセイ集。〈解説〉巖谷國士

202796-1

た-15-9
新版 犬が星見た ロシア旅行
武田百合子

夫・武田泰淳とその友人、竹内好との旅を、天真爛漫な目で綴った旅行記。読売文学賞受賞作。竹内好の随筆「交友四十年」を収録した新版。〈解説〉阿部公彦

206651-9

各書目の下段の数字はISBNコードです。978－4－12が省略してあります。

た-15-10
富士日記（上）新版
武田百合子
夫・武田泰淳と過ごした富士山麓での十三年間を克明に描いた日記文学の白眉。昭和三十九年七月から四十一年九月分を収録。〈巻末エッセイ〉大岡昇平
206737-0

た-15-11
富士日記（中）新版
武田百合子
愛犬の死、湖上花火、大岡昇平夫妻との交流。昭和四十一年十月から四十四年六月の日記を収録する。田村俊子賞受賞作。〈巻末エッセイ〉しまおまほ
206746-2

た-15-12
富士日記（下）新版
武田百合子
季節のうつろい、そして夫の病。山荘でともに過ごした最後の日々を綴る。昭和四十四年七月から五十一年九月までを収めた最終巻。〈巻末エッセイ〉武田　花
206754-7

た-43-2
詩人の旅　増補新版
田村　隆一
荒地の詩人はウイスキーを道連れに各地に旅立った。北海道から沖縄まで十二の紀行と「ぼくのひとり旅論」を収める〈ニホン酔夢行〉。〈解説〉長谷川郁夫
206790-5

つ-3-8
嵯峨野明月記
辻　邦　生
変転きわまりない戦国の世の対極として、永遠の美を求め〈嵯峨本〉作成にかけた光悦・宗達・素庵の献身と情熱と執念。壮大な歴史長篇。〈解説〉菅野昭正
201737-5

つ-3-16
美しい夏の行方　イタリア、シチリアの旅
辻　邦　生
堀本洋一　写真
光と陶酔があふれる広場、通り、カフェ……ローマからアッシジ、シエナそしてシチリアへ、美と祝祭の国の町々を巡る甘美なる旅の思い出。カラー写真27点。
203458-7

つ-3-20
春の戴冠1
辻　邦　生
メディチ家の恩顧のもと、花の盛りを迎えたフィオレンツァの春を生きたボッティチェルリの生涯――壮大にして流麗な歴史絵巻、待望の文庫化！
205016-7

つ-3-21
春の戴冠2
辻　邦　生
悲劇的ゆえに美しいメディチ家のジュリアーノと美しきシモネッタの禁じられた恋。ボッティチェルリは彼らを題材に神話のシーンを描くのだった――。
204994-9

つ-3-22
春の戴冠3
辻　邦生

メディチ家の経済的破綻が始まり、フィオレンツァの春は、爛熟の様相を呈してきた――永遠の美を求めるボッティチェルリと彼を見つめる「私」は。

205043-3

つ-3-23
春の戴冠4
辻　邦生

美しいシモネッタの死に続く復活祭襲撃事件……。ボッティチェルリの生涯とルネサンスの春を描いた長篇歴史ロマン堂々完結。〈解説〉小佐野重利

205063-1

か-57-1
物語が、始まる
川上　弘美

砂場で拾った〈雛型〉との不思議なラブ・ストーリーを描く表題作ほか、奇妙で、ユーモラスで、どこか哀しい四つの幻想譚。芥川賞作家の処女短篇集。

203495-2

か-57-2
神様
川上　弘美

四季おりおりに現れる不思議な生き物たちとのふれあいと別れを描く、うららでせつない九つの物語。ドゥ・マゴ文学賞、紫式部文学賞受賞。

203905-6

か-61-2
夜をゆく飛行機
角田　光代

谷島酒店の四女里々子には「ぴょん吉」と名付けた弟がいて……うとましいけれど憎めない、古ぼけてるから懐かしい家族の日々を温かに描く長篇小説。

205146-1

か-61-3
八日目の蟬《せみ》
角田　光代

逃げて、逃げて、逃げのびたら、私はあなたの母になれるだろうか……。心ゆさぶるラストまで息もつがせぬ傑作長編。第二回中央公論文芸賞受賞作。〈解説〉池澤夏樹

205425-7

か-61-4
月と雷
角田　光代

幼い頃暮らしをともにした見知らぬ女と男の子。再び現れたふたりを前に、泰子の今のしあわせが揺らいで……偶然がもたらす人生の変転を描く長編小説。

206120-0

お-51-1
シュガータイム
小川　洋子

わたしは奇妙な日記をつけ始めた――とめどない食欲に憑かれた女子学生のスタティックな日常、青春最後の日々を流れる透明な時間をデリケートに描く。

202086-3

各書目の下段の数字はISBNコードです。978－4－12が省略してあります。

お-51-5
ミーナの行進　小川洋子
美しくて、かよわくて、本を愛したミーナ。あなたとの思い出は、損なわれることがない――懐かしい時代に育まれた、ふたりの少女と、家族の物語。谷崎潤一郎賞受賞作。
205158-4

お-51-6
人質の朗読会　小川洋子
慎み深い拍手で始まる朗読会。耳を澄ませるのは人質たちと見張り役の犯人、そして……。しみじみと深く胸を打つ、祈りにも似た小説世界。〈解説〉佐藤隆太
205912-2

お-51-7
あとは切手を、一枚貼るだけ　小川洋子　堀江敏幸
交わす言葉、愛し合った記憶、離ればなれの二人の哀しい秘密――互いの声に耳を澄まして編み上げたのは、純水のように豊かな小説世界。著者特別対談収録。
207215-2

ほ-16-1
回送電車　堀江敏幸
評論とエッセイ、小説。その「はざま」にある何かを求め、文学の諸領域を軽やかに横断する――著者の本領が発揮された、軽やかでゆるやかな散文集。
204989-5

ほ-16-3
ゼラニウム　堀江敏幸
彼女と私の間を、親しみと哀しみを湛えて、清らかな水が流れていく――。異国に暮らした男と個性的で印象深い女たちの物語。ほのかな官能とユーモアを湛えた珠玉の短篇集。
205365-6

ほ-16-6
正弦曲線　堀江敏幸
サイン、コサイン、タンジェント。この秘密の呪文で始動する、規則正しい波形のように――暮らしはめぐる。思いもめぐる。第61回読売文学賞受賞作。
205865-1

ま-35-2
告白　町田康
河内音頭にうたわれた大量殺人事件「河内十人斬り」をモチーフに、永遠のテーマに迫る、著者渾身の長編小説。谷崎潤一郎賞受賞作。〈解説〉石牟礼道子
204969-7

ま-35-5
東京飄然《ひょうぜん》　町田康
風に誘われ花に誘われ、一壺ならぬカメラを携え、ぶらりと歩き出した作家の目にうつる幻想的な東京。著者によるカラー写真多数収載。〈解説〉鬼海弘雄
205224-6